72.   1908

LE TRIOMPHE DES NORMANDS

DE G. TASSERIE

et

LA DAME A L'AGNEAU

DE G. THIBAULT

Publiés par M. P. LE VERDIER

SOCIÉTÉ

DES

BIBLIOPHILES NORMANDS

N° 22

—

M. JULES LE PETIT

G. TASSERIE

LE TRIOMPHE DES NORMANDS

SUIVI DE

LA DAME A L'AGNEAU

Par G. THIBAULT

ŒUVRES INÉDITES PUBLIÉES AVEC INTRODUCTION

Par P. LE VERDIER

IMPRIMERIE LÉON GY

—

MDCCCCVIII

INTRODUCTION

I. — Le Triomphe des Normands et la Moralité de la dame a l'agneau.

Les quatre compositions poétiques réunies dans ce volume furent écrites pour la Confrérie de l'Immaculée Conception ou Puy des Palinods de Rouen; elles sont inédites. Elles ont été extraites, le *Triomphe des Normands*, du manuscrit de la Bibliothèque Nationale, f. français, 24315, le chant royal, *Combien que Adam par inobédience*, autre œuvre de Guillaume Tasserie, et les deux pièces suivantes, *La Dame à l'aigneau et la Dame à l'aspic*, moralité, et la ballade, *Une Dame portant pour armes*, écrites par Guillaume Thibault, du manuscrit Y. 18, anc. fonds, de la Bibliothèque municipale de Rouen (Omont, 1062).

Le *Triomphe des Normands* a été communiqué à l'Académie des Sciences, Belles-Lettres et Arts de Rouen en 1890 (1). J'avais, en effet, entrepris de rechercher ce célèbre poème de Tasserie, révélé par Antoine du Verdier, cité depuis par tous les auteurs, sans qu'aucun l'eût jamais vu, apparu seulement à l'état manuscrit, lors de la vente des livres du duc de La Vallière, en 1784, et

(1) Précis des travaux, 1889-1890, pp. 183-195.

depuis ignoré de tous. Il s'est enfin rencontré à la Bibliothèque nationale dans le recueil manuscrit ci-dessus indiqué.

Cette copie du poème est d'ailleurs la seule connue. Le
volume qui la contient est celui-là même que possédait le
duc de La Vallière, il figure au catalogue de sa bibliothèque rédigé par De Bure, en 1783 (1).

(1) *Catalogue des livres de la bibl. de feu M. le duc de la Vallière, première partie* : le manuscrit est inscrit au tome II, sous
le n⁰ 2926, sans aucune désignation qui en indique le contenu ;
une description détaillée est donnée au *Supplément*, sous
ce n° 2926 (imprimé par inadvertance 2976), où l'on trouve
énoncés le titre du drame et le nom du poète, et ceux-ci sont de
nouveau mentionnés à la *Table* (t. III, p. 339).

Le manuscrit, sur papier, petit in-folio, XVI⁰ siècle, contient
160 feuillets. On pourrait croire qu'il a une origine normande,
car, parmi les soixante-sept œuvres poétiques qu'il contient, on
en rencontre plusieurs que leur sujet ou leur auteur rattachent à
notre province : *Ensuivent les epitaffes fais a Rouen du feu roy
Loys par maistre Pierre Fabri* (fo 20) ; *Ensuit ung beau petit
traicté des iiij novissimes* (?) *fait et composé par venerable et
religieuse personne frere Bigot, celestin, natif de Rouen* (fo 71) ;
des épitaphes de Guillaume Billon, Simon des Montz, Jehan Trotier, Pierre Le Roy, *regent et maistre, aux enfants monstrant a
l'escole prose et vers*, signées de la devise *Du Bien le Bien*, qui
est celle de Jacques Le Lieur (fo 99) ; *Les nouvelles complaintes
de tous estas en forme de vision touchant la mort de tres illustre,
tres renommé et tres singulier prelat monseig. Georges d'Amboise,
en son vivant legat en France et archevesque de Rouen*, suivies
de pièces latines sur le même sujet par des anonymes (fo 100)

Quant à un imprimé, on n'en a signalé encore aucun. Pourtant il semblerait qu'Antoine du Verdier en a dû connaître un, puisqu'il s'exprime ainsi : « Guillaume Tasserie a escrit en rime par personnages, *Le triumphe des Normans, traictant de l'immaculée Conception Nostre*

Mais les pièces étrangères à la Normandie sont plus nombreuses, et d'ailleurs l'on peut penser que le manuscrit a été composé pour Claude d'Urfé, ambassadeur, gouverneur des enfants de France sous Henri II. En effet, la reliure, en maroquin vert, porte ses armes, de vair au chef de gueules, timbrées d'un casque, entourées du collier de Saint-Michel ; au dos et aux angles, un monogramme formé de deux O et d'un I, rappelle son prénom et celui de sa femme Jeanne de Balzac d'Entragues. Sur le dernier feuillet, ont été transcrites des lettres de Jean Malet de Graville, chambellan, sieur de Marcoussis, datées de 1457, et confirmatives d'anciennes et banales rentes constituées en 1278 par un autre Malet : cette copie est déclarée collationnée sur l'original et datée du 28 décembre 1561 ; or Jeanne de Balzac, mariée à d'Urfé, depuis 1532, était fille de Anne Malet de Graville, dame de Marcoussis. Cette transcription ne pouvait intéresser que d'Urfé, sa femme, ou la mère de celle-ci. On peut donc croire que ce manuscrit est l'un de ceux que commanda Claude d'Urfé pour sa fameuse librairie, ou qui lui vinrent, suivant Joannis Guigard, de sa belle-mère Anne Malet de Graville. Enfin, Pierre Le Roy, dont on lit l'épithaphe composée par son ami Jacques Le Lieur, concourait encore au Palinod de Rouen en 1545. Par toutes ces raisons l'on peut conclure que l'établissement du manuscrit doit être bien voisin de 1561, si ce n'en est pas la date même.

Après des vicissitudes qui m'échappent, le volume passa dans la bibliothèque du duc de La Vallière, et de là dans celle du Roi. A la vente de La Vallière, il avait été adjugé pour six livres!

2

Dame. Imprimé à Rouen, octavo sans datte » (1). La chose est douteuse ; le titre que donne Du Verdier est absolument celui qu'on lit au manuscrit La Vallière, et je crois fort que l'œuvre n'a jamais passé sous la presse.

Depuis, tout le monde a copié Antoine du Verdier et signalé, sur sa foi, le précieux imprimé : les frères Parfaict, Godard de Beauchamps, Brunet, Ed. Frère, Mme Oursel. Ils ajoutent même, sans courir de grands risques, si livre il y a, que le livre est gothique. Plus prudent La Croix du Maine cite Tasserie, auteur de « chants royaux à l'honneur de la glorieuse vierge Marie », mais il omet le *Triomphe* (2). Quant à la *Bibliothèque du Théâtre-Français*, ouvrage que l'on attribue pourtant au duc de La Vallière lui-même (mais c'est contesté), elle ne fait aucune mention ni du poème, ni du poète. De même l'abbé Goujet ignore Tasserie. M. Eugène de Beaurepaire enfin (3), s'il parle de lui, ne cite nulle part son *Triomphe* ; aussi bien ce livre ne vise que les pièces écrites en vue des concours des puys, et le *Triomphe* ne fut qu'un libéral hors-

(1) *Bibliothèque française*, Lyon, Honorat, 1585, in-f, p. 512. (Edition Rigoley de Juvigny, t. IV, p. 131.)

(2) *Histoire du Théâtre franç.* (les frères Parfaict), t. II, p. 261 et 562. — Beauchamp, *Recherches sur les théâtres de France*, t. I, p. 310. — Frère, *Manuel du bibliog. normand.* — Oursel, *Nouvelle biographie normande.* — La Croix du Maine, *Bibliothèque française* (édition Rigoley de Juvigny), t. II, p. 424.

(3) *Les Puys de Palinod de Rouen et de Caen*, ouvrage posthume, publié par Charles de Robillard de Beaurepaire (Caen, Henri Delesques, in-8, 1907).

d'œuvre, un spectacle exceptionnel offert à l'occasion de la fête palinodique.

Brunet, Frère qui l'a copié, et à sa suite, Gosselin, M. Emile Picot disent que ce mystère a été représenté en 1499. C'est possible (1). Mais ils fixent l'impression du livre « vers 1520 » ; les frères Parfaict avaient dit 1518. L'auteur de la *Nouvelle biographie normande* a cru devoir rectifier et place le livre « vers l'année 1511 ». Pourquoi une date ? Pourquoi une autre ? La pièce a vu le jour entre les années 1490 et 1499, c'est tout ce que l'on sait. Quant à l'imprimé, qui reste très problématique, n'en parlons plus, et arrivons à l'abbé Guiot et Ballin.

Ces deux historiens méritent une place à part, car leurs erreurs ont dépassé la mesure : ils ont pris en effet la moralité de *la Dame à l'aigneau*, écrite par Guillaume Thibault, et représentée en 1520, pour le *Triomphe* de Tasserie, et c'est l'une des raisons qui ont fait réunir dans le présent volume ces deux compositions poétiques. A la

(1) Frère, *Approbation... de la confrérie de l'immaculée conception*, etc. (Société des Bibliophiles Normands), p. xxj, renouvelle l'assertion du *Bibliographe normand*. — Gosselin, *Recherches sur les origines du Théâtre à Rouen*, p. 32. — E. Picot, *Le Monologue dramatique* (*Romania*, 1888, p. 195). Nous avons fait comme eux : *Mystère de l'Incarnation et Nativité*, etc. (Société des Bibliophiles Normands), p. LVII. En faveur de l'année 1499, on peut alléguer que c'est celle où Tasserie fut prince de la Confrérie. On pourrait aussi proposer l'année 1490, qui vit *prémier* le chant royal de Tasserie à la palinode, « Belle sans sy en sa conception », thème probable du *Triomphe*.

décharge de Ballin, il convient d'ailleurs de dire qu'il a copié Guiot, mais il ne tenait qu'à lui de vérifier.

L'auteur des *Trois siècles palinodiques* (1), à l'article *Tasserie*, avait écrit, en parlant de celui-ci : « Sa muse ne parut se réveiller qu'en 1520... Les poësies de Crétin firent encore les honneurs de la séance..., et Guillaume Tasserie, pour la clore d'une manière plus solennelle, y fit représenter une pièce dramatique intitulée *Triomphe des Normans, moralité à quatre personnaiges, c'est à savoir la dame de l'Aigneau et son champion Noble cueur, la dame au serpent et son champion Cueur villain, etc.* » Et à la notice de Guillaume Thibault, le même Guiot avait repris : « Celle de ses pièces qui fit le plus de bruit est sa ballade de 1520, *parce qu'elle donna lieu et servit, pour ainsi dire, de prologue à la moralité de Guillaume Tasserie qui fut jouée au Palinod de cette année.* » La ballade met en scène la dame à l'agneau et la dame au serpent avec leurs deux champions, tout comme la moralité ; l'une, ayant servi de thème, fut présentée au concours du puy, et l'autre, la moralité, développement de la première, fut jouée le même jour, à la fin de la fête, probablement à l'issue du banquet qui réunissait les juges et les princes de la confrérie. Or toutes deux sont l'œuvre du même Guillaume Thibault,

---

(1) *Les trois siècles palinodiques*, etc., *par J.-A. Guiot*, publié par l'abbé A. Tougard (*Société de l'Histoire de Normandie*, 1898, 2 vol. in-8), d'après le manuscrit Y. 50, fonds Martainville, de la bibliothèque de Rouen (Omont, 2677). Le manuscrit original de Guiot appartient à la bibliothèque de Caen.

« l'un des plus célèbres auteurs parthéniques de Rouen, au xviᵉ siècle », dit avec raison Guiot. Mais comment le savant biographe a-t-il pu penser que, sur le sujet de la ballade lue au puy par Thibault, Tasserie ait pu composer et donner dans la soirée ou le lendemain une moralité de quatre cents vers. Il suppose donc que les deux poètes se seraient associés à l'avance ? (1)

(1) Au manuscrit Y. 68, ancien fonds, Bibl. de Rouen (Omont, 1061), *Table chronologique des princes*, etc., qui paraît autographe, Guiot a écrit, sous la date 1520 : « Guillaume Thibault, moralité à quatre personnages », puis le nom de Thibault a été rayé et remplacé par celui de Tasserie. Au manuscrit Y. 48, fonds Martainville (Omont, 2678), *Histoire de l'Académie de l'Immaculée Conception*, etc., Guiot s'exprime ainsi : « Cette journée « (celle du puy de 1520) fut une des plus glorieuses... à cause de « l'espèce de drame qui fut représenté le soir, après le repas qui « était d'usage, comme on l'a vu en 1490 » (ce n'est plus en 1499, et pour ma part, soit dans cette *Histoire*, soit dans aucun autre manuscrit ou de Guiot ou de la Bibliothèque de Rouen, je n'ai trouvé mentionnée la représentation de 1490 ou 1499) « à la représentation du Triomphe des Normans, par Guillaume Tasserie. « La pièce qui fut jouée en 1520 est intitulée : *Moralité à quatre « personnages, c'est à savoir*, etc. ». Ici la moralité à quatre personnages n'est plus le *Triomphe*. Enfin aux *Trois siècles palinodiques*, eux-mêmes, vᵒ *Daré*, sous la plume de Guiot, du même Guiot, on lit : « Guillaume Thibault avait dit, dans une moralité jouée au Palinod de Rouen en 1520 », et suivent quelques extraits de *la Dame à l'aigneau* : la vérité lui est apparue un instant. En somme, Guiot n'a pas d'idée nette sur le *Triomphe* de Tasserie ; sujets, dates, auteurs se mêlent dans son esprit.

L'érudit Ballin, sans broncher, répète les assertions de
Guiot, et il assigne à Tasserie « un drame représenté à la
distribution des prix en 1520, intitulé *Triomphe des Normans, moralité à quatre personnages : la dame à l'aigneau
et son champion, noble cœur, la dame au serpent et son
champion, cueur villain.* » L'amalgame est complet (1).

(1) *Notice historique sur l'Académie des Palinods*, etc., p. 47.
Plus tard, dans la *Suite à la notice historique sur l'Académie des
Palinods* (p. 17), Ballin sentit l'embarras de sa confusion, il y
persista pourtant et il en vint à attribuer le *Triomphe des Normands* à Thibault ; il écrit en effet : « D'après un manuscrit de
« la Bibliothèque de Rouen, contenant des indications historiques
« sur les lauréats, Guillaume Thibault a gagné, en 1520, le prix de
« la ballade et du *débattu* ; ce débattu n'a pas de titre, mais c'est
« la moralité dont le sujet est le triomphe des Normands. On y
« lit : *L'an mil V cent XX, le xix décembre, Guillaume Thi-
« bault obtint la rose pour une ballade, et l'étoile pour le débattu,
« dont le sujet est indiqué ci-dessus.* Il serait en effet peu probable
« que Guillaume Tasserie, élu prince du puy en 1499, après avoir
« été six fois lauréat, eût concouru et eût été couronné de nou-
« veau en 1520. » Dans quel manuscrit de la Bibliothèque de
Rouen, Ballin a-t-il lu ces lignes ? J'ose répondre dans aucun. Ce
sont des notes recueillies par lui, mal comprises au moment d'être
utilisées et imprimées comme extraits. En 1520, Guillaume Thibault obtint en effet le débattu, ou second prix, de l'épigramme
ou allégorie latine ; le débattu n'a jamais été la *moralité dont le
sujet est indiqué ci-dessus*, et la moralité n'eut aucun rapport
avec l'épigramme couronnée. Tout cela n'est que confusion.

Faut-il encore citer une maladresse de Ballin ? A la page 46 de
la *Notice*, il attribue au poète lauréat Chapperon, l'excuse amu-

Enfin, pour comble de malheur, M. Eugène de Beaurepaire, s'en rapportant à ces deux historiens, habituellement dignes de foi, reproduit la confusion dans son livre
posthume *Les Puys de Palinod de Rouen et de Caen*, et il

sante et naïve, *Ce présent a été parfait obstant les negoces familières*, etc., tandis que c'est le simple avertissement du copiste,
qui a recueilli les poésies couronnées à Rouen de 1486 à 1524, et
qui ayant mené à bonne fin son travail en avoue l'imperfection.
Ballin a été mis en faute par la rédaction un peu embrouillée de
Farin (tome II, p. 64), chez qui il puise, et qui d'ailleurs a incorrectement transcrit ; il suffisait d'ouvrir le manuscrit dont le sens
n'est pas douteux (Y. 18, ancien fonds, au f° 1). On lit en effet :
Ce present n'a esté parfait obstant les négoces, etc. (n'a pas atteint
la perfection par l'empêchement des négoces), et non *a esté parfait obstant les négoces*... (a été achevé, malgré les négoces). A la
suite de Farin, M. Eug. de Beaurepaire est tombé dans la même
erreur (*op. cit*,. p. 47).

Voici encore, sur le dos du pauvre Guillaume Thibault, un
exemple de bévue littéraire. Parmi les *Epistres familières* de
Jean Bouchet, d'Orléans, on trouve une pièce dans laquelle le
poète remercie Jacques Le Lieur de l'envoi de plusieurs chants,
ballades et rondeaux de rimeurs normands :

> Graces te rens, o poète sacré,
> . . . .
> Deux, après toi, de savoir admirable,
> Ce sont messieurs Thibault, Crignon aussi,
> Grans orateurs, voire parfaicts, sans si...

Et T. de Jolimont, qui cite ce texte dans sa *Notice historique
sur la vie et les œuvres de Jacques Le Lieur* (p. 10), ajoute une
note au nom de Thibault pour en faire le comte Thibaut de
Champagne !

attribue à Tasserie la moralité de la dame à l'agneau
(p. 113), mais, plus avisé, il se garde bien de la qualifier
de Triomphe des Normands.

Or reprenons les faits et précisons-les.

En 1490, à Rouen, Guillaume Tasserie obtint le prix du
chant royal, la palme, pour sa pièce à la palinode,

> Belle sans si en sa conception,

qui se termine par l'envoi :

> Gentilz Normans, soyés donc curieux
> De festiver en grand devocion
> Le sainct concept de la Royne des cieux,
> Belle sans si.....

Puis il reprit son sujet, le développa et composa son
drame, *Le Triomphe des Normans,* dont le début, en forme
de ballade, rappelle le chant royal,

> Reveillez-vous, chevaliers vertueux...,

avec ce vers palinodique,

> Belle sans si, port de bonnes nouvelles,

et dont le sujet tend à justifier et à exalter la fête normande en l'honneur de l'immaculée Conception.

Le chant royal est au folio 8 du manuscrit Y. 18, ancien
fonds, de la Bibliothèque de Rouen ; je l'ai trouvé aussi
au ms. 19.184 de la Bibliothèque Nationale.

Quant au *Triomphe,* il occupe les feuillets 114 à 142 du
ms. 24.315, f. fr., de la Bibliothèque Nationale ; c'en est
l'unique copie connue. On trouvera ici ces deux œuvres
de Tasserie, son *Triomphe* et son *Chant royal* de 1490.

On trouvera aussi dans le présent livre les deux compositions de Guillaume Thibault, produites au puy de décembre 1520.

La première, sa ballade, fut prémiée et reçut la rose ; elle oppose *la dame à l'agneau* et *la dame à l'aspic*, et les strophes offrent pour palinode le vers :

> La dame a l'aigneau sans macule.

Elle se trouve au folio 92 du ms. Y. 18, ci-dessus énoncé. Vient à la suite, au folio 93, la moralité : « Et fut ladicte moralité composée sur ladicte ballade cy devant escripte par ledict Thibault, et fut jouée au bancquet desditz princes ce dict an » (1).

Cy devant escripte, voilà les trois coupables, les trois mots qui ont causé tout le mal. Guiot a lu : *moralité composée sur lad. ballade, cy devant escripte par ledit Thibault*; il fallait lire : *fut ladicte moralité composée, sur ladicte ballade cy devant escripte, par ledict Thibault.* Cela saute au yeux pourtant. Il n'est ici question, ni de Tasserie, ni de son *Triomphe*, et il fallait vraiment une

---

(1) Guiot a transcrit cette moralité dans son *Histoire de l'Académie de l'Immaculée Conception* (Y. 48 f. Mart.), aux fº 210-228. Le *Journal de Monsieur*, au tome II, contient, d'après Guiot, (*Les trois siècles palinodiques*, vº *Tasserie*) une analyse de cette moralité : c'est exact, l'analyse se trouve au tome II, année 1777, pp. 281-3; mais, ce que Guiot n'a pas vu, c'est que la pièce y est bien attribuée à Thibault, avec la date de 1520. (*Bibliothèque de l'Arsenal*, H. 18769 *bis*.) Le *Journal de Monsieur* est une collection assez rare que la Bibliothèque Nationale ne possède pas intégralement.

forte distraction pour les y faire intervenir, et une puissante imagination pour trouver dans la moralité de la dame à l'agneau les éléments et les caractères d'un triomphe de la gent normande. *Suum cuique* : à Tasserie, le *Triomphe,* à Thibault, *La Dame à l'agneau.*

II. — TASSERIE ET THIBAULT : NOTES BIOGRAPHIQUES.

La biographie de Guillaume Tasserie se réduit à bien peu de chose. Le lieu précis, la date de sa naissance ou de sa mort sont inconnus. Cependant il paraît bien que Rouen peut le revendiquer : il n'y a pas seulement vécu, en effet, mais encore il paraît probable qu'il y a vu le jour, et qu'il y est né de famille rouennaise. Le nom qu'il porte est commun dans cette ville, on le rencontre fréquemment dans les pièces d'archives du xviᵉ siècle, notamment aux registres des délibérations de la ville, que dis-je, il s'est conservé jusqu'à nos jours à Rouen et dans toute la contrée.

La veuve d'un Guillaume Tasserie (est-ce le nôtre ?) payait en 1525 au Chapitre de la Cathédrale dix sous tournois pour un tènement qui fut à Romain Delachesnaye, rue Nostre-Dame (1). En 1543 la même rente était acquittée par maistre Joseph Tasserye (2). En 1522 Jacques de la Chesnaye, chapelain de la Cathédrale, avait fait un legs ·

(1) Ancien nom de la rue des Arpens (par. Saint-Maclou). *Arch. de la S.-Inf.,* G. 3051.

(2) G. 3063.

à frère Jacques Tasserie, augustin, son filleul (1). Guillaume, frère Jacques et Joseph doivent être parents entre eux.

Joseph semble bien être le même qu'un Joseph Tasserie, domicilié sur la paroisse Saint-Pierre-du-Châtel, bourgeois, marchand, armateur, que l'on trouve souvent cité parmi les notables aux registres des délibérations de l'Hôtel de Ville entre 1536 et 1557 (2). Ces délibérations et les comptes de fabrique le qualifient maître (1547-1550) (3). M. de Fréville en fait un négociant outre mer (4). Il fut de ceux qui députèrent au roi pour protester contre la défense de naviguer au Brésil. Il hérita même du goût de Guillaume pour les lettres et les spectacles. En effet, lorsqu'en 1550 on attendait à Rouen la venue du roi, Mᵉ Joseph Tasserie est parmi les personnages choisis, prêtres et orateurs, que le corps de ville décida de semondre, le 12 juin, « pour inventer quelque chose propre pour l'entrée du roy, de la royne et a la decoration de la ville (5). »

Un Josel (sans doute pour Joseph) Tasserye est mentionné au compte de la fabrique de l'église Saint-Jean en 1562 ; il lui est payé 962 livres (6). Un Nicolas est maistre

(1) G. 3447.

(2) Renseignement communiqué par M. de Beaurepaire.

(3) G. 7527.

(4) *Mém. sur le commerce maritime*, I, p. 361.

(5) Inventaire-Sommaire des Archives communales antérieures à 1790, par M. de Beaurepaire, A. 16, p. 170. V. aussi A 14 (p. 150), A. 16 (p. 180), etc.

(6) G. 6728.

du métier de maçonnerie en 1541 (1), et ses descendants continuent sa profession ou prennent celle d'architecte au xviie siècle. D'autres encore.

Un François Tasserie fut deux fois couronné au puy du Palinod rouennais pour le chant royal, et obtint le Liz en 1496, la Palme en 1506. Guiot, aux *Trois Siècles palinodiques*, en fait un frère de l'auteur du *Triomphe*.

Enfin l'on ne saurait oublier maistre Pierre Tasserye, l'auteur du *Monologue du Pèlerin passant*, composition rouennaise qu'il faut dater de l'année 1509 (2). Et voilà, concourant en même temps devant les juges des palinods, Guillaume et François, ou montés sur la scène, Guillaume et Pierre : je ne crois pas m'aventurer beaucoup en disant que les poètes rouennais François, Pierre et Guillaume sont de même sang et famille.

Quant à Guillaume, il était évidemment de bonne et notable maison, car les manuscrits le qualifient maître et honorable homme, titre qui en ce temps-là n'était pas banal (3). Sa condition, la considération dont il jouissait sont attestées par la principauté de l'Académie de l'Immaculée-Conception, à laquelle il fut appelé en 1499, et cette fonction témoigne en même temps de ses ressources pécuniaires, car l'honneur d'être maître coûtait cher. D'ailleurs il fut prince magnifique : ne joignit-il pas deux prix nouveaux, deux *tasses,* ou bourses, par allusion à son nom,

(1) Paroisse Saint-Vincent, G. 7736.
(2) Emile Picot. *Le Monologue dramatique.*
(3) B. Rouen, Y. 18, anc. f., fo 8, 10, 19, 29.

aux symboles habituels qui récompensaient les chants royaux ? « Fust adiugée la palme avec ungne tasse d'or à M° Pierres Avril, pour avoir faict le premier chant royal, et pour le second fust donné à Mons. M° Richart Bonneannée avec ungne tasse de mendre poix que l'autre (1). » Mais de la profession de l'auteur du *Triomphe* nous ne savons rien, et il faut nous contenter de quelques détails de sa carrière littéraire. Premier lauréat du chant royal aux concours de 1490 et 1491, il n'eut que le second prix en 1493, 1495, et 1498. Couronné cinq fois, et non pas six, comme disent les auteurs qui lui appliquent le débattu du chant royal obtenu en 1496 par son homonyme et parent François Tasserie, il fut élu prince, en 1499, et le puy des Palinods ne le revit plus, sinon comme ancien.

Dans la bibliographie qui suit, l'on notera quelques autres œuvres, en petit nombre, un chant royal, une oraison, un rondeau, qui n'eurent point de récompense. Ajoutez les *Heures* de la très-sacrée Conception, conservées dans un manuscrit de la Bibliothèque Sainte-Geneviève, le *Triomphe*, un mystère de la Passion, douteux, voilà tout le bagage littéraire connu de notre poète.

Tasserie n'avait pas d'ailleurs limité son zèle aux fêtes du Puy de Palinod. Les archives font connaître la part importante qu'il prit dans la préparation du fameux mystère de la Passion, fameux par les déboires qui l'assaillirent, que l'on projetait de donner à Rouen en 1491. Orga-

(1) B. Rouen, Y. 18, anc. f., f° 29.

nisation et études des rôles et de la représentation, sacri-
fices d'argent, peut-être même composition ou remaniement
du drame, d'ailleurs perdu : Tasserie aurait assumé toutes
les initiatives, et tout pour rien, le roi ayant renoncé à
son voyage (1).

Mais la confrérie de la Passion prit une revanche l'année
suivante : le mystère de la Passion put être joué en
1492 (2), et cette fois encore Tasserie s'employa active-
ment au succès. J'en trouve la preuve dans un procès qui
s'ensuivit et fut soumis au jugement de l'Echiquier en
1497 : « Maistre Jehan Jure, presbtre, presente l'appoinc-
tement faict et passé devant Jehan Lamy seneschal de
Heudequeville le xiiᵉ jour de novembre de l'an mil iiiᵒ iiiiˣˣ
et quinze entre ledit le Jure eschevin et chappelain
de la confrairie de la benoiste Passion et Resurrection de
nostre Sauveur Jhesu Crist fondee en l'eglise Sainct
Patris dudict lieu de Rouen, et messire Henry Delabarre,
presbtre, aussi chappelain d'icelle confrairie d'une part,
et Guillaume Tasserie d'autre part, sur le descord d'entre
eulx touchant les entremises que ledict Tasserie a faictes

(1) Tasserie avait associé au projet trois ou quatre cents personnes, et mis de sa poche sept à huit cents livres, somme énorme.
Les détails de cette affaire ont été trop souvent racontés pour
qu'on les répète ici. Cf. Gosselin, *Recherches sur les origines et
l'histoire du théâtre à Rouen*, p. 28 ; Ch. de Beaurepaire, *Inventaire-Sommaire des archives communales (de Rouen) antérieures
à 1790*, A. 9 (p. 66) ; Le Verdier, *Mystère de l'Incarnation et
Nativité*, etc.. p. LIV.

(2) Cf. Gosselin, Le Verdier, *loc. cit.*

au mistere de ladicte Passion *puis nagueres demonstrez*
en ceste ville de Rouen, sur quoy tant avoit esté procedé
entre eulx que par doleance ladicte matiere estoit devolute
audit Eschiquier », etc. (1). Il ne peut s'agir que de la
représentation de 1492.

On remarquera que, soit aux palinods, soit ailleurs,
on ne trouve aucune œuvre de Guillaume Tasserie après
les dernières années du xv⁶ siècle. Les manuscrits, qui
ont recueilli un nombre considérable de pièces présentées
aux concours de la première moitié du xvɪ⁶ siècle, ne lui
en attribuent aucune. Est-ce que sa principauté de
l'an 1499 aurait mis fin à son activité poétique, ou bien sa
mort aurait-elle suivi de près ? La seconde hypothèse
paraît la plus vraisemblable. On ne s'expliquerait pas ce
silence complet après la fécondité observée de 1490 à
1499. Au surplus, l'on vient de passer en revue ce que
les archives nous ont conservé de sa vie ou de ses œuvres,
c'est court évidemment, mais c'est assez pour qu'il soit
permis d'affirmer que ce personnage a passé dans la cité
avec honneur, qu'il y a joué son rôle de citoyen avec éclat,
et que poète il y a rencontré l'estime et la réputation.

L'existence de Guillaume Thibault est encore moins
connue. Disons d'abord qu'elle a échappé à tous les
anciens biographes : ceux-ci en effet n'ont pas cru devoir
le distinguer dans la légion des poètes palinodiques dont
les compositions nous ont été conservées par les manuscrits

(1) *Arch. Seine-Inf.*, Echiquier, Saint-Michel 1497.

ou par les recueils de Vidoue et d'Adrien Bocage. Son nom a été recueilli pour la première fois par Guiot, suivi depuis par Ballin et M. Eugène de Beaurepaire. Et certes nous n'aurions pas songé à le tirer de l'oubli si sa moralité de *la Dame à l'agneau* n'avait été prise pour le *Triomphe des Normands*. Il est évident en effet qu'il est très loin des Le Lieur, des Parmentier, des Doublet, des Jean Marot, des Guillaume Alexis, des Crétin ; mais il paraît en bon rang, avec Aline, Chapperon, Lescarre, Couppel, Crygnon, Avril et tant d'autres, et sa moralité, après tout, n'est pas mauvaise.

Guillaume Thibault était prêtre et professeur. Il fut, pendant combien de temps, je l'ignore, chargé de l'instruction des enfants de chœur à la Cathédrale de Rouen, ainsi que le révèle cet extrait d'un compte du Chapitre de 1538 : « Item magistro Guillermo Thibault preceptori choristarum in grammaticalibus pro uno anno, x l. (1) ». Mais au compte de 1539, l'emploi est tenu par Guillaume Haudent, le gracieux fabuliste dont la Société des Bibliophiles Normands a réimprimé les Apologues. Les manuscrits palinodiques datés permettent de constater la présence de Thibault aux concours du palinod, jusqu'en 1533. Le puy de 1544 (Rouen, Y. 17, anc. f.) ne reçut aucune œuvre de lui. Il semblerait donc que sa mort ait rendu vacant le poste auquel Haudent succéda en 1539.

Voilà la seule mention de notre Guillaume Thibault qu'aient conservée les archives. Son nom est cité fréquem-

(1) *Arch. Seine-Inf.*, G. 2942.

ment parmi les concurrents du puy des palinods de Rouen, notamment avec dates certaines entre les années 1516 et 1533. On lit qu'il y remporta les prix suivants : en 1518, la Rose, pour la ballade, et le Chapeau de laurier, pour l'épigramme ; en 1519, la Rose, pour la ballade ; en 1520, la Rose, pour la troisième fois, et l'Etoile, pour le débattu de l'épigramme ; en 1521, le Signet, pour le rondeau ; en 1523, le Liz, pour le débattu du chant royal, et de nouveau l'Etoile, pour le débattu de l'épigramme ; en 1524, encore une fois la Rose, pour la ballade, et l'Etoile, pour la seconde épigramme, soit dix triomphes, après lesquels on ne voit pas qu'il ait été de nouveau couronné(1). Enfin il offrit à la Confrérie et fit jouer devant elle en 1520 sa moralité de *la Dame à l'agneau* et de *la Dame à l'aspic.*

C'est tout ce que l'on sait de Guillaume Thibault.

III. BIBLIOGRAPHIE DES ŒUVRES DE G. TASSERIE ET DE G. THIBAULT.

Avant de dresser la liste des œuvres de nos deux poètes, je veux dire celles que j'ai pu recueillir, et j'en ai dû omettre, il faut cataloguer les recueils, manuscrits ou imprimés, où je les ai pu rencontrer.

A. — Un seul imprimé s'offre à signaler : le rarissime

---

(1) D'après les mss. Y. 18, anc. f., et Y. 50, f. Mart., de la Bibl. de Rouen. Mais le premier de ces manuscrits s'arrête à l'année 1524, et le second présente bien des lacunes. Ce sont les seuls qui fournissent pour cette époque des listes de lauréats.

volume, gothique, sorti des presses de Pierre Vidoue, vers 1525, dont la Société des Bibliophiles Normands a donné une réimpression en 1897, par les soins de M. Eugène de Beaurepaire : Palinodz, Chants royaulx, Ballades, Rôdeaulx, et Epigrammes a l'honneur de l'immaculee Côception de la toute belle mere de Dieu, etc. Imprimez a Paris. Ilz se vêdent à Paris..., à Rouen..., Et a Caen..., etc.

B. Manuscrits.

I. *Bibliothèque de Rouen.* — Y. 16, anc. fonds. (Omont, 1063.) Recueil des Chantz royaulx, etc., présentés au Puy..., en 1516 ; manuscrit exécuté vers cette date. Le puy se tint le 14 décembre, de dix heures à deux heures ; on compte 42 chants royaux, 27 ballades, 28 rondeaux, 35 épigrammes, sans compter 40 autres pièces dédiées au prince, Mᵉ Roger Gouel.

— Y. 18, anc. f. (Omont, 1062). Recueil des pièces prémiées au puy de Rouen, de 1486, date de la fondation de celui-ci, à l'année 1524 ; manuscrit composé vers 1525. Ce recueil est loin de donner toutes les pièces couronnées ; si l'on y trouve la plupart des chants royaux, ballades et rondeaux, il laisse de côté les épigrammes latines ; plusieurs années ont été omises ; quelques feuillets ont été déchirés. Ce manuscrit, qui provient de la bibliothèque de l'ancien Chapitre de la Cathédrale, est un document contemporain, d'une pureté de texte parfaite, qui vaut un original.

Au temps de Farin ce manuscrit appartenait au cha-

noine François de la Fosse, pénitencier de l'église de
Rouen, qui le légua à la bibliothèque du Chapitre (1).

C'est ce manuscrit qui nous a conservé la moralité de
G. Thibault.

— Y. 48, f. Martainville (Omont, 2678). Histoire de
l'Académie de l'Immaculée Conception de la Sainte Vierge,
fondée à Rouen. C'est une œuvre composée par l'abbé
Guiot, au xviiie siècle.

— Y. 49, f. Mart. (Omont, 2680), xviiie siècle. Collection de chants royaux couronnés ou présentés au puy de
Rouen de 1519 à 1528. C'est une copie du ms. 7584 de la
Bibl. du Roi (aujourd'hui 1537 de la Bibl. Nat.), exécutée
par les soins de l'abbé Guiot pour la bibliothèque de l'Académie de l'Immaculée Conception de Rouen. Voyez *infra*.

— Y. 54, anc. f. (Omont, 1066). Autre copie du même
manuscrit, exécutée par les soins de Guiot.

— Y. 50, f. Mart. (Omont, 2677). *Les trois siècles palinodiques, ou histoire générale des Palinods de Rouen,
Dieppe*, etc., œuvre de l'abbé Guiot. Le manuscrit original
est à la bibliothèque de Caen. La première partie, recueil
de notices biographiques sur les poètes, princes, juges, etc.,
des puys de palinod, a été publiée en deux volumes par
M. l'abbé Tougard, en 1898. La seconde partie fournit les
listes des princes, des juges, des lauréats du puy de
Rouen, sauf nombreuses lacunes, depuis la fondation en
1486 jusqu'à 1789. Les mêmes listes se retrouvent au

(1) Farin, 1666, t. II, p. 64. — *Notice des manuscrits de la
bibliothèque de l'église métropolitaine* par l'abbé Saas (Rouen, 1746.)

ms. Y. 68, anc. f. (Omont, 1061), de la même bibliothèque, autre copie du même travail de Guiot.

— Y. 80, f. Mart. (Omont, 2681). C'est un recueil de 12 chants royaux, 12 ballades, 12 rondeaux choisis parmi ceux qui furent présentés au puy de Rouen en 1524. Copie faite par l'abbé Guiot en 1780 du ms. 21.571 de la bibliothèque du duc de la Vallière.

II. *Bibliothèque de l'Académie des Sciences, Belles-Lettres et Arts de Rouen.* — Recueil de chants royaux, xvie siècle, papier, p. in-f.; relié en parchemin blanc. Paraît être un recueil factice des copies originales, autographes même, apportées par les auteurs au puy de l'Immaculée Conception ; contient 37 chants royaux, la plupart signés ; l'un d'eux est daté de 1538.

III. *Bibliothèque Nationale.* — Fr. 379 (Olim 6989), xvie siècle, vélin, in-f. max. Catal. des mss. de la Bibl. du Roi, par Paulin Pàris, t. III, p. 257. (64 chants royaux, 20 ballades, 22 rondeaux). L'une des miniatures à pleine page (f° 45), représente une chasse au cerf dans un paysage dont le fond donne une vue de la ville de Rouen ; la flèche de Robert Becquet est en construction (1544-1550).

— Fr. 1537 (Olim 7584), xvie s. Chants royaux présentés au puy de Rouen, entre les années 1519 à 1528. Il y en a 50. Miniatures remarquables; ce ms. est placé sous vitrine (arm. XIX). La Bibl. de Rouen en possède deux copies ci-dessus signalées (Y. 49, f. Mart., et Y. 54, anc. f.).

— Fr. 1538 (Olim 7586), xvie s. Chants royaux présentés

aux puys des villes de Rouen et Dieppe. Ce recueil contient 151 pièces ; aucune n'est signée.

— Fr. 1715 (Olim 7684²), xvi° s. Chants royaux, ballades,
rondeaux et épigrammes, présentés au puy de Rouen de
1533. Les pièces sont au nombre de 137 ; elles sont
signées.

— Fr. 1721, xvi° s. Recueil de poésies diverses ; contient
quelques pièces palinodiques ; plusieurs auteurs normands (le bailli d'Estellan, le vicomte de Falaise, etc), et
autres.

— Fr. 2202 (Olim 7999³), xvi° s. Collection de poésies
palinodiques, au nombre de 73 environ, la plupart signées
des noms de leurs auteurs, tous normands.

— Fr. 2205 (Olim 8001), xvi° s. *Collecta ex aggere prope
immenso exquisitiora carmina..., que ad christipare
virginis aras solennes annis elapsis allata sunt...* (Chants
royaux, ballades, rondeaux, épigrammes) ; il y a environ
150 pièces, toutes suivies du nom de l'auteur. Il est
superflu de répéter que la plupart des concurrents des
puys de palinod étaient normands.

— Fr. 2206 (Olim 8001²), xvi° s. Recueil de chants royaux,
ballades et rondeaux ; environ 261 pièces ; destinées, pour
le plus grand nombre, au puy de Rouen, quelques-unes
au *may* de la Cathédrale de Paris ; presque toutes sont
accompagnées du nom de leur auteur.

— Fr. 19184 (Olim S. G. 1667) ; xvi° siècle ; ms. Coislin.
Collection considérable, sur 408 feuillets, de chants royaux
(environ 258), ballades (environ 140), rondeaux (environ
259), présentés au puy de la Conception, au puy de la Passion,

au puy des Pauvres, et autres pièces. Aucun nom d'auteur n'est cité ; en tête, une table des lignes palinodales des pièces contenues au volume. Rien ne distingue malheureusement les œuvres destinées aux puys de la Passion et des Pauvres, qui se tinrent à Rouen, circonstance fâcheuse, puisque, indépendamment du *Triomphe immortel* de J. Sireulde (1), c'est peut-être le seul recueil qui ait conservé des compositions destinées à ces deux institutions ; le sujet traité pourra parfois aider à les faire reconnaître. Au f° 294 :

> Ce livre est à Jehan Le Hucher,
> Qui n'est a vendre ny a trocher.

Plusieurs ff. portent les armoiries, d'azur au chevron d'or, acc. de trois roses d'or.

La miniature du f. 295 représente la séance du Palinod : au fond, le prince préside, derrière un bureau, il tient registre des avis ; à gauche, sur un siège élevé, l'orateur ou lecteur lit les pièces de poésie ; autour de la salle, sur des bancs, les juges du concours ; l'examen semble se faire en comité secret, l'on ne voit pas de public assistant.

— Fr. 24315, xvi° s. C'est le manuscrit qui nous a conservé le Triomphe des Normands ; il a été décrit ci-dessus, p. viij. Au milieu de compositions poétiques variées, il en contient plusieurs d'origine palinodique.

— Fr. 24408, xvi° s. Recueil de chants royaux, ballades et rondeaux en l'honneur de la Vierge. La plupart des pièces

---

(1) Publié par M. Ch. de Beaurepaire (*Société des Bibliophiles Normands*), 1899, p. in-4.

(environ 70) sont signées. Quoique le manuscrit provienne de la bibliothèque de l'église de Paris, presque tous les auteurs sont normands.

En terminant cette revue, qu'il me soit permis de renouveler mes remerciements à M. Emile Picot, qui a bien voulu aider mes recherches et me signaler quelques-uns des manuscrits parisiens à consulter.

IV. *Bibliothèque Sainte-Geneviève.* — Rés. 2734, ms. Ce manuscrit contient des heures de la Conception Nostre Dame, versifiées par Tasserie. Il sera décrit ci-dessous, p. xxxiv.

V. *Bibliothèque royale de Copenhague.* — N° 59, Collection Thott. Recueil de poésies palinodiques; xvi° s., in-f., 82 fl., pap.; reliure aux armes de Diane de Poitiers; au feuillet de garde, cette note, écrite au xvii° siècle : *Ce livre fut faict pour Diane de Poitiers, Duchesse de Vallentinois contesse de S. Vallier, femme de Louis de Brezé conte de Maulevrier seigneur d'Anet et grand seneschal de Normandie.* Il fut acheté en 1787 à la vente de Terkel Klevenfeld (1) par le comte Otto Thott, ministre d'Etat; il passa ensuite à la Bibliothèque royale (2).

---

(1) Terkel Kleve, anobli sous le nom de Klevenfeld, membre de la Cour Suprême de Danemark, voyagea en France en 1740, et y acheta sans doute le manuscrit. (Cf. *Museum Klevenfeldianum*, Hafniæ, 1787, p. 217, n° 4.) Voy. aussi : *Description des mss. français du Moyen-Age de la Bibliothèque R. de Copenhague,* par Abrahams, *Copenhague, Thiele,* 1844, in-4, n° 45.)

(2) Il y aurait sans doute d'autres collections manuscrites à

Chaque pièce va être indiquée au moyen de son premier vers, suivi du vers palinodique, quand le genre en comporte un, avec mention des recueils où on la trouve.

Œuvres de Guillaume Tasserie.

CHANTS ROYAUX.

Combien que Adam par inobedience.
Belle sans sy en sa conception.

Bibl. Rouen, Y. 18, anc. f., f° 8.
Bibl. Nat., fr. 19.184, f° 105.
Présenté au puy de l'Immaculée Conception de Rouen, en 1490 ; a obtenu la *Palme*.

Devant que Dieu voulut creer les cieux.
Sacraire sainct du sacré consistoire.

Rouen, Y. 18, anc. f., f° 10.
Présenté au puy de l'I. C. de Rouen, en 1491 ; a obtenu la *Palme*.

consulter. Je puis signaler par exemple le ms. Q. v. 614, n° 6. de la *Bibliothèque impériale de Saint-Pétersbourg*, chants royaux, ballades et rondeaux en l'honneur de la Sainte-Vierge (XVIe s., 109 ff., vélin), mais aucune de ses pièces n'est signée. Le ms. n° CCCLXXIX, coll. Douce, de la *Bibl. Bodléienne*, à Oxford (XVIe s., pap.), que m'a fait connaître M. Emile Picot, contient les compositions poétiques adressées au puy de l'I. C. de 1511 par 38 auteurs, parmi lesquels ne figurent ni Tasserie ni Thibault.

L'architecte qui tout faict et compose.
Pour le tout beau toute belle je suys.

Rouen, Y. 18, anc. f., f⁰ 14.
B. N., fr. 1538, f⁰ 22.
Présenté au puy de l'I. C. de Rouen, en 1493 ; a obtenu le *Chapeau de laurier*, pour le débattu.

Sacraire sainct du sacré consistoire.
En ce concept Dieu feist vraie lumière.

Rouen, Y. 18, anc. f., f⁰ 19.
B. N., fr. 1538, f⁰ 80.
Présenté au puy de l'I. C. de Rouen, en 1495 ; a obtenu le *Chapeau de laurier*, pour le débattu.

Mettés vous sus en armes, Rouennoys.
Vierge et mere sans macule conceue.

Rouen, Y. 18, anc. f., f⁰ 27.
B. N., fr. 1538, f⁰ 46.
B. N., fr. 19.184, f⁰ 106.
Présenté au puy de l'I. C. de Rouen, en 1498 ; a obtenu le *Chapeau de laurier*, pour le débattu.

Cette palinode avait été imposée aux concurrents : le ms. 1538 de la B. N. contient en effet, aux ff. 36 à 46, huit chants royaux écrits sur ce même vers.

Le grand peché très pervers et inique.
Liz virginal, de Dieu reclinatoire.

Rec. Vidoue, f⁰ 62.
B. N., fr. 19.184, f⁰ 136.
Date inconnue.

ORAISON en forme de ballade.

Trosne haultain et triclin virginal.
Vivre en vertus, et en foy bien mourir.

Rec. Vidoue, fº 63.
B. N., fr. 2206, fº 34.
Date inconnue.

RONDEAU.

Par la vertu Dieu sans peché.

B. N., fr. 1721, fº 72.
Date inconnue.

MORALITÉ.

Le triomphe des Normans composé par Guillaume Tasserie traictant de la immaculée conception Nostre Dame.

B. N., fr. 24.315, fº 114-142.

Représenté au puy de l'I. C. de Rouen à une date inconnue,
entre 1490 et 1499.

ENSUIT LES HEURES de la tressacree conception Nostre
Dame composee par maistre Guille Tasserie.

Bibl. Sainte-Geneviève, Réserve, 2734, fº 24 à 32.

Ce ms., sur vélin, 53 ff. de 18 c. sur 10 environ, sans titre,
XVIᵉ siècle, relié en velours vert, orné des armoiries peintes sur
plusieurs feuillets, *D'or à la face de sable, acc. de trois trèfles de
sinople,* avec la devise *Recours à Dieu,* m'a été signalé par le
savant maître, aussi obligeant qu'érudit, M. Emile Picot.

Après plusieurs paraphrases de l'oraison dominicale et de la
salutation angélique, de Molinet, Trotier et autres, commencent
les heures traduites par Tasserie.

Le premier office contient : une oraison en 8 vers (Dame sans per, vierge très pure et munde) ; 4 vers pour la traduction du *Deus in adjutorium* (Entens a mon aide, Marie) ; 8 vers pour la traduction de l'*Ave Maria* (Je te salue, aurore matutine) ; 2 vers pour la traduction du *Dignare me laudare* (Daignes que te puisse louer) ; 2 vers pour la traduction du *Da mihi virtutem* (Donne moy vertu et pouer) ; et une oraison en 18 vers (Toute belle dame). En tout 42 vers.

A prime, à tierce, à sexte, à none, à vespres, à complies, sont répétés les vers qui traduisent les versets *Deus in adjutorium*, *Dignare me laudare*, *Da mihi virtutem*, et ceux de l'oraison finale. Mais à chacun de ces offices l'hymne est suivie d'une nouvelle pièce en 8 vers.

Prime : Le prince estoc n'a eu sur toy puissance.

Tierce : Tiercement puis ton concept figurer.

Sexte : Sextement vueil dire l'auctorité.

None : Nous ne savons de louenge assez ample.

Vespres : Vespres nous prend et le jour nous termine.

Complies : Accomplie est la saincte prophecie.

L'office de complies débute en outre par une traduction en 4 vers du *Converte nos Deus* (Converty nous a tout bien faire).

Les heures de Tasserie contiennent ainsi au total 94 vers.

Œuvres de Guillaume Thibault.

CHANTS ROYAUX.

Lors que hiver par rigueur destructive.
Franche du mal qui tous humains renverse.

Rouen, Y. 16, anc. f., f° 43.
Présenté au puy de l'I. C. de Rouen, en 1516.

Montez au puy, montez, grand Ptolomée.
Le hault soleil, qui luict sur tout le monde.

Rec. Vidoue, f° 37.
Rouen, Y. 54, anc. f., f° 35.
Rouen, Y. 49, f. Mart., p. 39.
B. N., fr. 1537 (olim 7584).
B. N., fr. 1205, f° 74.
B. N., fr. 19.184, f° 137.
Présenté au puy de l'I. C. de Rouen, probablement en 1522.

Les ennemis de la chair virginale.
Du hault seigneur la columne très forte.

Rec. Vidoue, f. 38.
Rouen, Y. 18, anc. f., f° 116.
Rouen, Y. 54, anc. f., f° 44.
Rouen, Y. 49, f. Mart., p. 49.
B. N., fr. 1537 (olim 7584).
B. N., fr. 2206, f° 221.
Présenté au puy de l'I. C. de Rouen en 1523 ; a obtenu le *débattu (le Lis).*

La terre est plaine en sa circunference.
Manne rendant espoir, santé et vie.

Rouen, B. Acad., f° 53.
B. N., fr. 1715, f° 8.
Présenté au puy de l'I. C. de Rouen, en 1533.
Chacune des strophes porte un titre : *Entrée des quatre ele-mentz. Election. Probation des troys membres nobles. Probation par les quatre passions. Probation par figure ancienne.*

Le fier tyrant, chef de la grosse armee.
Le regne franc, de la loy tributaire.

Rec. Vidoue, f⁰ 39.
B. N., fr. 2202, f⁰ 38.
B. N., fr. 2205, f⁰ 68.
B. N., fr. 2206, f⁰ 222.
Ce chant royal, non plus que les suivants, n'a pu être daté.

Quant Belial, procureur infernal.
De la grand loy Marie est exemptee.

Rec. Vidoue, f⁰ 40.
Rouen, B. Acad., f⁰ 45.
Rouen, Y. 80, f. Mart., f⁰ 45.
B. N., fr. 379, f⁰ 16.
B. N., fr. 2206, f⁰ 36.
Le ms. de l'Académie de Rouen donne cette variante : *L'ord Bellial.*

Long temps perplex sur la haulte excellence.
La digne mere au plus grand roy du monde.

Rouen, B. Académie, f⁰ 59.
Les strophes portent ces titres : *Sacramentum ordinis et matrimonii. Sacramentum baptismatis et confirmationis. Sacramentum altaris et extreme unctionis. Sacramentum confessionis.*

Il est prouvé par la faulte apparente.
Femme qui feist l'impossible possible.

B. N., fr. 379, f⁰ 14.

L'homme seroit a l'ange comparable.
En corps humain purité angelique.

B. N., fr. 379, f⁰ 14.
« Chant royal fait des neuf ordres des anges. »

En contemplant comment amour se fonde.
Il n'est amour que d'enfant et de mere.

B. N., fr. 379, f° 16.
B. N., fr. 19.184. f° 128.

Suffit le cueur d'humaine creature.
Femme expulsant les tenebres du monde.

B. N., fr. 379, f° 19.

Les quattre seurs et vertus cardinales.
Palme en la main pour tiltre de victoire.

B. N., fr. 379, f° 31.

N'est-il moyen en ce monde passible.
Femme parfaicte en nature imparfaicte.

B. N., fr. 2202, f° 24.

Argument.

Chant royal faict au geron de nature
Sur myneraulx, vegetaulx, animaulx,
Prins pour monstrer la conception pure
De ceste la qui myst fin a noz maulx.

Les strophes portent ces titres : *Sur le faict des myneraulx.
Sur le faict des vegetaulx. Sur le faict des animaulx. Breve
recollection des quatre elementz.*

Sainct Augustin venez faire lecture.
La saincte bible ou verité repose.

B. N., fr. 2202, f° 47.
B. N., fr. 2205, f° 50.

Les peres sainctz de la loi mosaïque.
La saincte paix du doy de Dieu signée.

B. N., fr. 2205, f⁰ 38.

Sainct Luc dy nous comment la trinité.
Pour le tout beau conceue toute belle.

B. N., fr. 2205, f⁰ 53.

L'obiect mouvant la puissance divine.

B. N., fr. 24.408, f⁰ 14.

Ce chant royal ne s'est rencontré que dans ce manuscrit. Le premier vers fait défaut, par suite de l'absence d'un feuillet qui portait les deux premières strophes.

BALLADES.

Devant que Eve par son offence.
Grace au devant pour sauvegarde.

Rouen, Y. 16, anc., f⁰ 77.
Présenté au puy de l'I. C. de Rouen, en 1516.

Eve très douloureuse mère.
Marie la mère de grace.

Rouen, Y. 18, anc. f., f⁰ 76.
B. N., fr. 2205, f⁰ 81.
B. N., fr. 19.184, f⁰ 228.
Bibl. Copenhague, f. de Thott, n⁰ 59, f⁰ 47.
Présentée au puy de l'I. C. de Rouen, en 1518; a obtenu la *Rose.*

L'homme jadis fut deformé.
Le bien de grace et de salut.

Rouen, Y. 18, anc. f., fº 80.

B. N., fr. 19.184, fº 228.

Présentée au puy de l'I. C. de Rouen, en 1519 ; a obtenu la *Rose*.

Une dame portant pour armes.
La dame a l'aigneau sans macule.

Rouen, Y. 18, anc. f., fº 92.

Rouen, Y. 50, f. Mart. (*Les Trois siècles palinodiques*, inséré à la p. 370 ; copie du ms. de Caen.)

B. N., fr. 2205, fº 89.

B. N., fr. 19.184, fº 230.

Présentée au puy de l'I. C. de Rouen, en 1520 ; a obtenu la *Rose*.

Sur le même sujet : moralité jouée en 1520 (voyez *infra*).

L'an passé en terre gellee.
La terre rendant bled de grace.

Rec. Vidoue, fº 71.

Rouen, Y. 18, anc. f., fº 122.

B. N., fr. 379, fº 38.

B. N., fr. 2202, fº 65.

B. N., 2206, fº 228.

Présentée au puy de l'I. C. de Rouen, en 1524 ; a obtenu la *Rose*.

C'est grand merveille qu'une femme.
Concept et grace tout ensemble.

B. N., fr. 1715, fº 76.

Présentée au puy de l'I. C. de Rouen, en 1533.

Mon filz a beaulté singulière.
Le choys de beaulté feminine.

B. N., fr. 379, fᵒ 36.
Cette ballade, non plus que les suivantes, n'a pu être datée.

Le pere au fils tout abandonne.
Entre imparfaictz toute parfaicte.

B. N., fr. 379, fᵒ 37.

Peché au poinct de concepvoir.
Speciale loy sur peché.

B. N., fr. 379, fᵒ 37.

Noz parens furent trouvez faulx.
Reserve fut faicte de moy.

B. N., fr. 379, fᵒ 39.

Si cueur humain peult bien comprendre.
Il n'est a Dieu rien impossible.

B. N., fr. 2202, fᵒ 71.

Eve a qui le serpent mauldit.
La bouche adnonçant verité.

B. N., fr. 2205, fᵒ 90.

Sainct Gabriel, quant ie salue.
La benoiste vierge Marie.

B. N., fr. 2205, fᵒ 93.

6

RONDEAUX.

Que vault prouver par subtils argumens.

Rouen, Y. 16, anc. f., f⁰ 102.

Présenté au puy de l'I. C. de Rouen, en 1516.

Par mon cher filz qui si forte m'a faicte.

Rec. Vidoue, f⁰ 72.

Rouen, Y. 18, anc. f., f⁰ 109.

B. N., fr. 2202, f⁰ 88.

B. N., fr. 2205, f⁰ 110 et 112.

B. N., fr. 2206, f⁰ 229.

Présenté au puy de l'I. C. de Rouen, en 1521 ; a obtenu le *Signet*.

Au filz parfaict je suys mere parfaicte.

Rec. Vidoue, f⁰ 71.

Rouen, Y. 80, f. Mart., f⁰ 58.

B. N., fr. 19.184, f⁰ 330.

Présenté au puy de l'I. C. de Rouen, en 1524.

Seul a part moy, qui n'estoit ciel ne lune.

B. N., fr. 1715, f⁰ 107.

Présenté au puy de l'I. C. de Rouen, en 1533.

Par l'homme et Dieu de sapience ardue.

B. N., fr. 379, f⁰ 41.

Ce rondeau et les suivants n'ont pu être datés.

En ung subiect deité personnelle.

B. N., fr. 379, f⁰ 41.

Du bien de Dieu qui tout pour lui dispose.

B. N., fr. 379, fo 42.

Pure entre impurs, et entre infectz entière.

B. N., fr. 379, fo 42.
B. N., fr. 19.184, fo 309.

Pour moy sans plus la luysante topace.

B. N., fr. 2202, fo 87.

Au gré d'amour qui deux cueurs en ung porte.

B. N., fr. 2202, fo 90.

Ne pensez pas a voz fins parvenir.

B. N., fr. 2205, fo 109.

Mere de Dieu, ce mot tout seul confond.

B. N., fr. 2205, fo 110.
B. N., fr. 19.184, fo 337.

Mon cher enfant et ma doulce portee.

B. N., fr. 2205, fo 111.

Dedens mon cueur ou ma vertu se fonde.

B. N., fr. 24.408, fo 41.

EPIGRAMMATA.

Venimus e sancta Normannas Phocide valles,
  Sequana quas riguis flexilis undat aquis. (30 vers.)

Rouen, Y. 16, anc. f., fo 112.

Présenté au puy de l'I. C. de Rouen, en 1516.

Les *Epigrammata* qui suivent n'ont pu être datées. Cependant Guillaume Thibault obtint le *Chapeau de laurier*, pour le prix de l'épigramme, en 1518, et l'*Etoile*, pour le débattu, en 1520, 1523 et 1524 ; je n'ai pu savoir quelles pièces lui méritèrent ces couronnes.

Aux Palinods l'on appelle *epigramma* une allégorie, éloge ou autre composition poétique écrite en l'honneur d'un héros.

Nuper Idumeo solvens a littore puppis. (30 v.)

Rec. Vidoue, f° 78.
B. N., fr. 2205, f° 129.

Languebat tremule gelidos etatis ob annos. (77 v.)

Rec. Vidoue, f° 89.

Fecit apis quondam cœlesti egressa vireto. (25 v.)

Rec. Vidoue, f° 91 (pièce non signée).
B. N., fr. 2205, f° 123.

Venerat insultans latebras venator agrestes. (30 v.)

Rec. Vidoue, f° 92.
B. N., fr. 2205, f° 119.

Post gemitus longos veterum cum nulla parentum (30 v.)

B. N., fr. 2205, f° 121.

Orta mari magno, falsi tamen inscia limi. (28 v.)

B. N., fr. 2205, f° 125.

Duxit ab antiquo candentem farre farinam. (28 v.)

B. N., fr. 2205, f° 126.

Fulsit ab eoo quadrata fenestra recessu. (28 v.)

B. N., fr. 2205, f° 127.

Nil rabidas voces, nil agmina livida pendit. (30 v.)

B. N., fr. 2205, f° 128.

MORALITÉ.

La dame a l'aigneau, etc.

Rouen, Y. 18, anc. f., ff. 93-105.

Rouen, Y. 48, f. Mart., pp. 210-228.

Représentée au puy de l'I. C. à Rouen, en 1520.

IV. — Le Triomphe des Normands.

Le sujet du *Triomphe des Normands*, c'est le triomphe de l'Immaculée Conception, comme la *Fête aux Normands* c'est la fête de la Conception. C'est donc un sujet tout normand, et l'on peut juger avec quelle avidité patriotique il fut accueilli des spectateurs à qui l'offrit Guillaume Tasserie. On sait en effet combien était populaire en Normandie cette dévotion à l'Immaculée Conception, dès longtemps établie dans les églises de cette province; il n'y fallait pas toucher. Les Normands, à tort ou à raison, tenaient à honneur d'avoir été les premiers à célébrer la fête de la Conception, et, si elle ne remontait pas à une date plus reculée encore, la fondation en pouvait être rapportée au duc Guillaume (les bulles de Léon X, de 1520, le disaient bel et bien), ou tout au moins à la conquête

de l'Angleterre où nos ancêtres l'avaient trouvée en usage.
Ils en établirent la confrérie à Rouen tout de suite, dès
le xi° siècle, semble-t-il, et rapidement ils en firent leur
fête nationale. En 1266, dit Eudes Rigaud, *sexta ante idus
decembris in conceptione beatæ Mariæ celebravimus mis-
sam in ecclesia S. Severini, in festo nationis Norman-
nice* (1). Au milieu des controverses auxquelles donnaient
lieu le dogme, les théologiens normands le défendaient à
la suite de saint Anselme. Malheur aux Dominicains qui
l'attaquaient : plus d'une fois ils soulevèrent des émeutes
pour en avoir mal parlé en leurs sermons. A Rouen, en
1387, deux religieux de l'ordre furent malmenés par le
peuple et mis en prison (2) ; à Dieppe, en 1497, on fit
taire le frère prêcheur et le clergé le cita devant l'Université (3). Nous n'allons pas, à propos de ce livre, faire
l'histoire, que tout le monde connaît, de l'Immaculée
Conception en Normandie. Abrégeons. C'est entendu : nos
pères, de temps immémorial, célébraient la fête du 8 décembre ; la solennité de ce jour portait, dans l'Université,
le titre de Fête aux Normands et le nom s'en généralisa ;
en 1486, le prince de la confrérie, Loys Daré, lieutenant
général au bailliage de Rouen, fonda les concours poétiques du puy des Palinods à l'honneur de la Vierge

(1) *Regestrum*, p. 562.

(2) *Chron. de P. Cochon*, publiée par M. Ch. de Beaurepaire,
p. 183.

(3) Asseline, *Antiquités et Chroniques*, t. I, p. 204.

Marie (1) ; de toute la Normandie et d'ailleurs, les poètes
s'y donnèrent rendez-vous par leurs œuvres, et Guillaume
Tasserie et Guillaume Thibault furent parmi les plus
fidèles.

Or donc, c'est la fête nationale, c'est sa traditionnelle
institution par le Conquérant qu'avec le *Triomphe* Tasserie porte à la scène. Et comment ? Le poète suppose
que le duc et ses chevaliers célèbrent la fête : un hérétique, Sarquis, vient les railler. Guillaume relève le gant,
et, tout homme de guerre qu'il est, il offre de s'en rap-
porter, non à son épée, mais à un juge ; on n'est pas Normand pour rien. Et l'on choisit le sage roi Salomon, près
de qui l'on se transporte pour plaider l'affaire. C'est par
le secours de ses témoins que chacun soutiendra sa cause.
Du côté de Guillaume, Tasserie place les personnages
dans la bouche desquels il lui sera facile de faire passer
les arguments théologiques ou légendaires sur lesquels
s'appuie la croyance normande. Avec l'*Ancienne Figure*
défileront les textes de l'Ancien Testament qui ont
annoncé la Vierge sans tache ; avec l'*Autorité* paraîtront
les principaux parmi ceux qui l'ont prophétisée ou déclarée telle, Ezéchiel et Isaïe, la Genèse et les Sibilles,
Job et David, un père de l'Eglise, saint Augustin, l'Eglise
elle-même avec sa liturgie. La *Raison* exposera ensuite
les causes théologiques du dogme. Puis le sujet, s'il perd

(1) Les statuts anciens, revisées en 1515, furent confirmés par
l'archevêque Robert de Croixmare et approuvés par une bulle
pontificale d'avril 1520.

de sa gravité, trouvera un nouvel intérêt lorsque
Exemple viendra raconter les légendes consacrées, et
l'abbé Helchin, arraché du naufrage au retour des pays
danois, et le prêtre adultère sauvé des flots de la Seine,
et le clerc d'Aquilée confirmé dans ses vœux, d'autres
miracles encore, tous accomplis au nom de l'Immaculée
Conception. Enfin le dernier témoin, le *Commun peuple
de Normandie*, ou la commune renommée, achèvera par
ses amusants et naïfs témoignages d'entraîner la convic-
tion du juge, que ne sauront ébranler ensuite les impuis-
sants suppôts de l'hérétique, Satan et Mahomet. Par son
arrêt, enfin, Salomon proclamera le bon droit du duc et
de ses Normands, et le drame s'achèvera dans la célébra-
tion joyeuse de la fête.

Elle est donc bien légitime l'antique fête de l'Immaculée
Conception, bien digne des hommages des Normands la
Vierge toute belle, bien inspirée la récente institution du
puy : viennent donc nombreux, poètes et auditeurs, pour
assister ou prendre part aux joutes littéraires (1).

(1) Il n'y a pas lieu d'entreprendre ici une bibliographie de
l'Immaculée Conception en Normandie. *Outre les ouvrages déjà
cités*, je signalerai seulement les suivants parmi ceux que l'on
peut consulter.

I. — Sur les Palinods, la Confrérie de l'Immaculée Conception
et les légendes qui s'y rattachent :

Taillepied, au chapitre **XXXIX**, et Farin, 1666, au tome II.

*Approbation et confirmation par le pape Léon X des statuts et
privilèges de la Confrérie de l'Immaculée Conception*, etc., goth.

(Publié par Ed. Frère, 1864. — *Société des Bibliophiles Normands.*)

La Fête de l'Immaculée Conception, par P. Baudry. (Revue de Rouen, 1848.)

Notice historique et descriptive sur l'ancienne église Saint-Jean de Rouen, par E. de la Quérière.

Le Puy de la Conception de Nostre Dame fondé au couvent des Carmes de Rouen, etc., par Alph. de Bretteville. (Rouen, s. d.) [*vers* 1614.]

L'introduction de M. Bouquet au chapitre II, en tête de *La Parthenie ou Banquet des Palinods de Rouen en* 1546, p. in-4, 1883. (*Société des Bibliophiles Normands.*)

Celle de M. Héron, au chapitre II, en tête de sa publication de *La Muse Normande*, 1891, p. in-4. *Société Rouennaise de Bibliophiles.*)

Celle de M Eugène de Beaurepaire, en tête de sa réimpression *Palinods*, etc. (*Recueil de Pierre Vidoue*), 1897, p. in-4. (*Société des Bibliophiles Normands.*)

Les puys de palinod de Rouen et de Caen, ouvrage posthume de Eugène de Robillard de Beaurepaire, publié par Charles de Robillard de Beaurepaire. (Caen, H. Delesques, 1907.)

Le Dialogue et defensoire de la côceptiõ nostre dame, Ensuyt ung petit traicté, etc., par Pierre Fabri, goth. (Imprimé par Martin Morin, 1514.)

La Légende dorée, *De conceptione b. Mariæ virginis.*

II. — Parmi les poèmes inspirés par l'Immaculée Conception, les suivants sont dus à des auteurs normands ou exposent les légendes normandes :

L'établissement de la fête de la Conception Notre Dame, etc., par Robert Wace, publié par Mancel et Trébutien. (Caen, 1842, in-8.)

De monacho in flumine periclitato, meritis B. Mariæ ad vitam revocato, par Benoît de Sainte-More. (Appendice à la *Chronique rimée des ducs de Normandie*, dans la collection des *Documents inédits sur l'Histoire de France*.)

La disputoison des pastourelles, poème du théologien normand Jean Petit, composé en 1388 (ms. de la Bibl. Nat., fr. 12.470, ff. 5 à 31) ; et du même, *Le Livre du champ d'or*, aux pp. 21-35 de l'édition donnée, d'après le même manuscrit, par P. Le Verdier, 1895, p. in-4. (*Société Rouennaise de Bibliophiles*.)

De sex festis B. Mariæ virginis, poème latin de Godefroi de Hagueneau (*Miscellanea litteraria... argentoratensia ; Argentorati, ex prelo Jonæ Lorenz, typogr.*, M DLXX, pp. 42-47).

Guillelmi Laterani, vernonii, de institutione Conceptionis marianæ et Normannorum laudibus Oratio, etc. (Paris, Jean de Marnef, goth., s. d., in-4.)

L'Immaculée Conception de la Vierge Marie, poëme de Robert Gaguin, traduit pour la première fois, texte latin en regard, par Alcide Bonneau. (Paris, Liseux, 1885, in-8.)

Œuvres poëtiques sur le subject de la conception de la tres saincte vierge Marie mere de Dieu, composees par divers Auteurs, recueillies par Adrien Bocage. (Rouen, Robert Féron, 1615.)

Enfin, la collection des recueils de poésies couronnées au Palinod de Rouen, publiés pendant les XVII et XVIII siècles, sans oublier les nombreux recueils manuscrits.

III. — Enfin, les légendes et les traditions normandes sont généralement rappelées dans les traités de doctrine, notamment dans ceux-ci :

La croyance générale et constante de l'Eglise touchant l'Immaculée Conception de la B. Vierge Marie, par le cardinal Gousset. (Paris, Lecoffre, 1855, 3e partie, aux pp. 532 et 707.)

Origine de la fête de la Conception, par l'abbé Vacandard. (*Revue des Questions historiques*, janvier 1897.)

Saint Bernard et la fête de la Conception de la Sainte-Vierge, par le même. (*La Science catholique*, sept. 1893.)

Etc.

LE TRIUMPHE DES NORMANS

COMPOSÉ PAR GUILLAUME TASSERIE,

TRAICTANT DE LA IMMACULÉE CONCEPTION NOSTRE DAME.

LE TRIUMPHE DES NORMANS

COMPOSÉ PAR GUILLAUME TASSERIE,

TRAICTANT DE LA IMMACULÉE CONCEPTION NOSTRE DAME.

[Folio 114]

GUILLAUME, duc de Normandie.

B. Reveillez vous, chevaliers vertueux,
    Affectueux
   De vostre bruit accroistre
  Ce sacré jour, tant digne, sumptueux
    Et fructueux,   5
   Comme l'en peut congnoistre.
  Car, comme liz entre espines peult naistre,
  Florit le chois des filles de Syon.
  Veez cy le jour de sa conception;
  Veez cy le jour de toute sanctité;   10
  Veez cy le jour ou grande quantité
  Trouvons d'amour par la belle des belles,
  De qui ce nom peult estre recité :
  Belle sans si, port de bonnes nouvelles.

  O mes amys, soions laborieux   15
    Et curieux

De nous faire apparestre
Loiaulx Normans, chevaliers glorieux,
    Victorieux,
  Comme nous devons estre.   20
Sur noz harnois portons en grosse lectre :
Tota pulcra a ma devotion !
Car nous avons de bonne affection
Une Dame conceue en purité,
Tous d'un amour et d'une charité :   25
Belle sans sy, malgré tous faulx rebelles ;
Belle sans sy, par droit l'a mérité ;
Belle sans sy, port de bonnes nouvelles.

Que veult on plus ? que peult on charcher mieulx
    En aultres lieux ?   30
  Ou veult on son cueur mectre
[verso] Qu'a la Roine, mere du Dieu des Dieux,
    Roine des cieulx,
  Apprez Dieu nostre maistre,
Et soy garder d'insolence commectre,   35
Fester ce jour en jubilation,
Dudit concept faire relation
Par chacun an, et en jocundité
Faire sonner herpes, ludz et vielles,
Ou l'honnenr soit d'icelle medité :   40
Belle sans sy, malgré tous faulx rebelles,
Belle sans sy, par droit l'a merité ;
Belle sans sy, port de bonnes nouvelles.

Envoy.

Gentilz Normans, en toute amenité
Congratulons ceste sollennité   45
Dessus toutes noz festes annuelles,
Et confessons la Dame en unité
Belle sans sy, malgré tous faulx rebelles,
Belle sans sy, par droit l'a merité;
Belle sans sy, port de bonnes nouvelles.   50

LE PREMIER CHEVALIER.

R.   Dessus toute aultre pucelle,
                Je l'appelle
            La fleur de suavité,
            Seule qui a evité
            Ceste tache originelle.   55

LE SECOND CHEVALIER.

            Elle a preminence telle;
                La cautelle
            De Sathan n'y a proufité.
            Dessus toute aultre pucelle,
                Je l'appelle   60
            La fleur de suavité.

LE TIERS CHEVALIER.

            On ne vit onc colombelle
                Si tres belle
            Ne de telle netteté
            Qu'en son concept a esté,   65
[Fᵒ 115]   Malgré tout foignart rebelle.

LE IIIIe CHEVALIER.

Dessus toute aultre pucelle,
    Je l'appelle
La fleur de suavité,
Seule qui a evité   70
Ceste tache originelle.

LE DUC.

O mes freres, plus ne fault que je celle
Pour quoy festent le vray concept d'icelle
        Ses vrays amans.
Pour quoy dit on, c'est la feste aux Normans,   75
Plus que d'Angloys, Bretons ou Allemans?
        Vous devez croire
Que, moy estant au pais d'Angleterre,
Pour appaiser vers eulx terrible guerre,
        Transmys par mer   80
Le bon prelat qui se faisoit nommer
L'abbé Elchin, homme digne d'aimer,
        Comme sçavez.
Et, quand en mer leurz trefz furent levez,
Ilz furent tant de tourmente grevez   85
        Que pitié fut :
Le math rompit et presque tout leur fust,
Et n'y sçavoit mathelot quelque affust
        Fors prier Dieu.
Ledit abbé et tous ceulx de ce lieu   90
Le requirent de courage humble et pieu
        Devotement;

Et tost apprès eurent soubdainement
Comme ung prelat orné tres richement
      En vision,   95
Lequel leur dist : « Se par devotion

[v°] « Voulez fester ceste conception,
      « Saulvez serez.
« — Hellas ! Seigneur, tout ce que vous direz.
« Mais, s'il vous plait, vous nous advertirez   100
      « Quand et comment.
« — Elle est, dit-il, l'huitiesme proprement
« De decembre et faictes tellement
      « Festivité
« Que au propre jour de sa nativité. »   105
Et adonc fut de peril evité.
      Par quoy, amys,
Ce miracle j'ay en memoire mys
Et ay voullu, malgré ses ennemys,
      Qu'en Normandie   110
Par chacun an mettons nostre estudie
De l'exalter, et commande qu'on die
Que des Normans c'est la sollemnité.

LE PREMIER CHEVALIER.

   O tres inclit et redoubté
   Duc, triumphant entre les hommes,   115
   Soit faicte vostre volunté.
   Tous de cest oppinion sommes,
   Et a juste tiltre nommés

Ce jour, qui pour nous tant valut,
Le commencement de salut.   120

LE SECOND CHEVALIER.

C'est la desiree journee,
Car, s'elle n'eust esté conceue,
N'eust pas esté aultre jour nee
De Jessé saincte vierge issue.
Ce jour a la terre receue   125
Plus soefve manne que jamais;
C'est le commencement de paix.

LE TIERS CHEVALIER.

[F. 116] C'est de paix le commencement
Et la fin de mortelle guerre;
Entre homme et Dieu prochainement   130
Fut traicté amour sur la terre;
Les prisonniers tenus en serre
Furent mys hors en brefve espace;
C'est le commencement de grace.

LE IIIIᵉ CHEVALIER.

C'est de grace le vray exorde   135
Et la fin de calamité,
Car justice et misericorde
Avecques paix et verité
Se sont baisees en charité
Et sont d'acord, dont je soustien   140
Que c'est commencement de bien.

LE DUC.

Or doncques d'humble affection
Que ceste dame on congratule,
Puis qu'elle est sans deffection
La toute belle sans macule,   145
Si hardi homme qui recule.
Commencez, maistre de chappelle,
Ung chant de cantique nouvelle.

*Adonc chantent les chantres de la chappelle
d'iceluy duc, et puis :*

LE DUC.

Vous, apprez, menestrelz gentilz,
Pour l'honneur d'icelle journee,   150
Demonstrez vous recreatifz,
Et que joie nous soit donnee
D'une chançon bien ordonnee.

[v°]   Que de David on se recorde
Qu'il avoit dit en son de corde.   155

*Adonc jouent les menestrelz du duc. Aprez
lequel jeu et son vient avant l'ennemy de
la vierge Marie, nommé Sarquis, et dit
à la compaignie :*

SARQUIS, arrien heretique.

R.   Et paix, de par le diable ! paix !
Chantres, flusteurs, bailleurs de vent !
Hee ! quelz gendarmaulx ! quel convent !
Mais ne cesserez vous jamais ?

LE DUC.

Dont vient cecy? quel entremectz ?　　　　　160
En fait il ainsi bien souvent?

SARQUIS.

Et paix, de par le diable ! paix !
Chantres, flusteurs, bailleurs de vent !

LE PREMIER CHEVALIER.

Il est yvre, je vous promectz.
A l'esvent ! vilain, à l'esvent !　　　　　165

SARQUIS.

Et qui sçavons ou l'en les vend !
Bee jouen, vous n'en pouez maiz !
Et paix, de par le diable ! paix !
Chantres, flusteurs, bailleurs de vent !
Hee! quelz gendarmaulx ! quel convent !　　　170
Mais ne cesserez vous jamais ?
Vous estes folz et plus que tres.
Quel sabat ! mais quel bruit de ville !
Ma foy, vous en estes bien prestz,
De faire feste sans vigille.　　　　　175
[F. 117]　　Il n'est convenable ne utile
D'amasser tel convention.
Se vous n'avez ne croix ne pille,
Vous aurez aultre invention.
Fester une conception　　　　　180
Vicieuse ! mais par quelz termes?
Riens ; ce n'est que deception.

Vous en parlez comme clerc d'armes.
Sont ilz asseurez! sont ilz fermes!
Mais regardez, quelz damoiseaulx!   185
Hee! meslez vous de voz alarmes.
Au mau gibet! quelz sotz nouveaulx!
Parlez de voz chiens et oyseaulx,
De voz pas et de voz tournoys,
De voz bardes et de voz chevaulx,   190
De voz campanes et harnois.
Que gaignez vous pas ung tournoys
De faire fester la commune?
Mais vous amez voz esbanoys
Et mieulx troys festes que une jeune.   195

LE SECOND CHEVALIER.

Tant de babil, cela respugne.

SARQUIS.

Tant d'agios, cela est laid.

· LE DUC.

Or paix! sans plus parolle aucune.
Quoy? qui sera maistre ou varlet?
    Veulx tu contredire,   200
    Blasmer ou mesdire
    Ou quelque mal dire
    De ceste assemblee?

SARQUIS.

[vo]   Vous me faictes rire!

Et pour quoy, beau sire,   205
Ne vous puis je nuyre
Qu'elle soit troublee?

LE TIERS CHEVALIER.

Nous tous, par amour,
En ce beau sejour
Festivons ce jour   210
Digne de memoire.

SARQUIS.

Haa! n'aiez ja paour,
Car d'icy entour
Ne feroy retour
Sans tencer encor.   215

LE QUART CHEVALIER.

Et villain, infame,
Veulx tu dire blasme
De la noble Dame,
De David issue?

SARQUIS.

Voire, par mon ame!   220
Que soit sans diffame
Fille d'homme et femme
Sans peché conceue!

LE DUC.

B. Tu as menty! Elle a grace receue
En mesme instant de sa conception;   225

Jamais ne fut quelque tache aperceue
En son concept pur sans polucion.
Faulx arrien, plain de detraction,
Je te combas dessus ceste querelle :
Vela mon gant, pour approbation   230
Que je soustien ma dame toute belle.

[F. 118]   SARQUIS.

Ho ! sans ferir ! O ! a Dieu nous command.
Il veult tuer Karesme, le hardi !
Monstr'il point bien courage de Normand !
Desment il ? Tost ! Est il bien estourdi   235
De combattre ! Sur ce pas, je vous di
Qu'entre nous clercz la mode n'est pas telle ;
Mais prouvez lay entre cy et lundi,
Car je deffends qu'elle soit toute belle.

                    LE DUC.

O maleureux, le veulx tu mescongnoistre ?   240
De la prouver je m'ose bien vanter.
Qui esliz tu pour du debat congnoistre ?
Vers quel juge te veulx tu presenter ?
Je suis d'accord, pour mieulx te contenter,
D'aller plaider vers toy, villain rebelle,   245
Dont je me plaing, affermant sans doubter
Que je soustien ma dame toute belle.

                    SARQUIS.

Veez cy beaulx motz ! ne perdons point sermon ;
Il ne fault point que de ce on me resprime.

Transportons nous par devers Salomon, 250
Juge equitable et roy Jherosolime;
Il est prudent, en en fait grand estime,
Je l'accete juge par façon telle.
Que le descord de nous on luy exprime,
Car je deffendz qu'elle soit toute belle. 255

LE DUC.

Je le veulz bien; soit accordablement
Pris, sans rapel ne doleance aussy.
Allons vers luy. J'ay desir grandement
[v°] D'estre vengé de cest excez ycy.
Le Seigneur Dieu, auquel je reus mercy, 260
Me soit secours contre ce faulx libelle
De sa mere, noble dame sans sy,
Que je soustien ma dame toute belle.

SARQUIS.

Prince, venez, je sçay ou il se tient;
Suffise vous, quoy qu'on chante ou qu'on belle. 265
Je sçay par cueur dont tout le mal provient,
Car je deffendz qu'elle soit toute belle.

LE PREMIER CHEVALIER.

Il ne fault ja qu'il nous appelle
Deux foys pour aller audit lieu.
Par la foy que je doy a Dieu, 270
A luy me vouldrois bien combatre,
Se j'avoie honneur de le bastre!

LE SECOND CHEVALIER.

Pour nous venger de tel excez
Je ne vouldrois tenir procès
A tel villain acariatre   275
Se j'avoie honneur de le batre !

LE TIERS CHEVALIER.

Suyvons le duc, il est besoing.
Mais *nous* n'en yrons gueres loing,
Pour tel oultrecuidé folatre.
Se j'avoie honneur de le batre !   280

LE QUART CHEVALIER.

Pensez vous qu'il me fait de deul !
S'il n'y avoit que moy tout seul,
Il seroit batu comme plastre.
Se j'avoye honneur de le batre.

SARQUIS.

[F. 119]   Il ne fault ja cela debatre;   285
Veez cy le temple Salomon,
Qui bien sçaura l'erreur abatre.

LE DUC.

C'est le juge accepté.

SARQUIS.

              C'est mon;
Il entendra nostre sermon
Volentiers, en ma conscience.   290

LE PREMIER CHEVALIER.

Veez qu'il a, par sa science,
Pour son tribunal fait construire
Ceste chair de blanc yvire
Ornee d'or pur richement,
Et eslevee haultement   295
De six degrez, puis le coupeau
Arrondi magnifique et beau;
Et, pour mieulx la gorgiaser,
Douze lions a fait poser
Au pied dont elle est soustenue.   300

LE DUC.

Or soit de par nous retenue
Ceste figure pour la dame
Toute belle de corps et de ame
Et comme yvire blanc tres pure,
Enrichie pour ornature   305
D'or fin, qui signifie, apprez,
Charité dessus six degrez
De vertus et douze lions,
C'est a dire par milions
D'honneurs et de prerogatives;   310
Qui sont choses demonstratives
Que se Dieu a fait un chef d'oeuvre
[v°] Pour se seoir, car le coupeau coeuvre
Tout le tour et l'embassement :
Et ce figure proprement   315
Que alpha et o, le hault monarche,

Ainsi que sa selle et son arche,
A couvert de grace planiere
Ceste chaire, en telle maniere
Que de maulvais air ou bruyne,　　　　320
Pluyve ou quelque vielle ruyne
Jamais ne sçauroit estre atainte.

SARQUIS.

C'est toute parabole faincte;
Lesson cela. *Day*, quel trudaine!
Parlons de ce qui nous amaine　　　　325
Et que le cas on luy recite.

LE DUC, *en saluant le roy Salomon, dit :*

R.　　O illustre personne inclite,
Tres sapient et juste juge,
Salomon, des juges l'eslite,
O illustre personne inclite,　　　　330
Que nostre droit ne periclite
Devers vous venons a refuge.

SARQUIS.

O illustre personne inclite,
Tres sapient et juste juge,
Comme a celuy qui juste juge　　　　335
Venons dessous vostre conduite.

SALOMON, *assis en son tribunal, parle au duc et dit :*

Vertueux duc, des preux hommes conduite,
Servant de Dieu, amoureux de Marie,

3

Bien viengez vous en cest lieu ou je habite,
[F. 120] Vous et toute vostre chevalerie.   340
Que querez vous? Est ce pour plaiderie,
Pour guerre ou paix que venez devers moy?
Tout privement dites moy, je vous prie,
Vostre vouloir et la cause pour quoy.

LE DUC.

Tres elegant et sage roy,   345
En vostre triumphant arroy,
Vers vous *viens* par forme de plainte
Pour ung cas deshonneste en soy,
Voire et qui concerne la loy
Et vault la matere estre attainte.   350
Vous sçavez qu'en amour et crainte
Voluntairement, sans contrainte,
Les Normans font solempnité
De la tres sacree et tres saincte
Conception, digne et sans fainte,   355
De la mere en virginité.
Or, ainsi que de verité,
Ce jour de la festivité
De nostre dicte chere dame,
Nous chantons en jocundité,   360
Recitans par maint beau dicté,
Qu'elle est belle de corps et de ame.
Sauf vostre honneur, bon loz et fame,
Ce villain maleureux infame
Nous est venu rompre chançons   365

Et a tort d'elle dire blasme
Et son sainct concept polut clame
En plusieurs diverses façons.
Il nous a fait cesser noz sons
Que continuer voulsissons   370

[v°] Referans la louenge et gloire,
Affin que, ainsi que nous pensons,
Ses amoureux estre puissons,
Comme c'est nostre expectatoire.
Car se David roy, qu'on decore,   375
Aima tant, comme il est memore,
La noble roine Bersabee,
Tarquin Lucresse, et, plus encore,
Piramus Tisbé, dit l'histoire,
Et Jason la belle Medee;   380
Mesmes se Achiles a aimee
Tant Policene et bien famee,
Et le preux Hector Hecuba,
Hercules sa dame nommee
Semiramys la renommee,   385
Et le fort Sanson Dalida;
Narcisus, qui mal se garda
Contre Echo, point ne regarda
Mais se noia en la fontaine.
Qui plus? Paris, qui trop cuida,   390
Contre orgueil troien recuida,
Et le tout pour la belle Helaine;
Se tant nobles cueurs ont pris paine
Pour aimer dames d'amour vaine,

Lubrique, folle et vicieuse,   395
Pour quoy pour la de grace plaine
Par bonne amour vraie et certaine
N'en ferons nous nostre amoureuse?
C'est la mere Dieu glorieuse,
L'empriere des cielz precieuse,   400
Roine des anges benedictz,

[F. 121]   Dame du monde gratieuse,
Des patriarches fleur eureuse,
Gloire aux prophetes eruditz,
Conseil pour apostres jadis,   405
Des martirs joie en paradis
Et des confesseurs exemplaire,
Des vierges le chois et pur liz,
Des vefves soulas et delis,
Des errans la voie salutaire,   410
Des clercz doctrine alimentaire,
Des foibles baston ordinaire,
Ressourse des desollez cueurs,
Des tromblez confort debonnaire,
Et l'avocate neccessaire   415
D'entre tous nous povres pecheurs.
Pourtant, juge de bonnes meurs,
Roy de tres parfaictes valeurs,
Je vous requier de l'injustice
Corriger les folles erreurs,   420
Car c'est le desir de noz cueurs
Que bon droit son effect sortisse.

SARQUIS.

Juge excellent, zelateur de justice
Rendant raison et juste jugement,
Assez oez sa plainte grandement,   425
Faicte a grand tort, et croy, s'il avoit veu
Aussi avant peult estre que j'ay leu,
De ce concept parleroit aultrement,
Je ne vueil pas a bon entendement
Mescongnoistre que son ame *n'ait* lieu   430
En paradis, non pas si hault que Dieu,
Entre les sainctz aultres tout simplement.

[vo]   Or toutesfoys a esté vraiement
Engendree, nee, faicte et nourrie
De Joachin, dedans Anne receue   435
Par semence virile proprement;
Et ilz estoient descendus mesmement
D'Eve et d'Adam, jadis desheritez,
Obligeans eulx et leurs posteritez
Par leurs transgrès a mortel jugement,   440
Dont pecherent originellement
Les filz Adam qui furent et seront,
Quia omnes in Adam peccaverunt.
Tous en Adam ont peché voirement;
Je le soustien vers luy formellement.   445
Puis David, qui n'est mye ung abus :
Ecce enim in iniquitatibus
Concepit me mater mea. Quoi pys?
Ysaye : *Omnes erravimus.*
Item sainct Paul dit : *Omnes nascimur*   450

Filii ire. Es se pas donc a dire
Que tous errons et naquissons filz de ire ?
Quelque procès que vous aiez esmeuz,
Suis je insensé? Doy je demourer mutz?
Pour dire vray, fault il qu'on me ravalle?   455
Sainct Augustin dit en sa decretale
Que tous qui sont d'homme et femme conceuz,
C'est en peché. Et par ce je concluz :
Se d'Abraham elle est de la semence,
Se de Jessé elle a pris corpulence,   460
Se de David elle est de la maison,
Si n'est ce pas suffisante raison
Qu'elle nait en peché originel?

[F. 122]   LE DUC.

O langue de serpent mortel,
Bouche plaine d'infection,   465
Qui convertis en venin tel
Que ung aspic ta refection,
Homme plain de deffection,
Qui reduis la saincte Escripture
Au maulvais sens, contre droicture,   470
Par ta dannable affection,
Tu n'as que trop veu a ton dam :
Il te vaulsist mieux sçavoir moins.
Se tu dis *omnes in Adam,*
Voire mayns entre nous mondains,   475
Mais nous sommes assez certains
Que celuy seul qui fait la loy

La peult interpreter a soy :
C'est Dieu, et nous sommes humains.
Ab initio et ante   480
Secula fuit creata :
L'as tu point aultrefoys chanté?
Virgo fuit preelecta
A peccato preservata :
Devant les cieulx estoit preueue   485
Et toute belle preesleue
Sancta et immaculata.
Et se Ysaye a vouleu dire
Et sainct Paul, que tu as predit,
Que tous naquissons enfans de yre   490
Et errons en peché mauldit.
Celuy n'y a qui l'entendist
Qu'en luy *convient* seulement.
De David consequentement

[v°]   Dont tu as alegué le dict   495
Luy mesme a escrit *queretur*
Peccatum illius et non
In illa invenietur :
Vous ne luy trouverez point, non,
En ceste dame de renom.   500
Item *et de manu ejus canis*
Unicam meam. Qu'es se a dire?
De la main des chiens forbanis
La preserva Dieu nostre sire,
Car son amye est, qui desire   505
Garder qu'elle n'encoure mal

Soubz la main du chien infernal.
Que y veulz tu doncque contredire?
Cum de peccatis agitur
De benedicta Maria   510
Nichil dico. O engin dur,
Gros âne, qu'es se qu'il y a?
Sainct Augustin specifia
Que quand on parle de peché
Il n'y a d'elle rien touché,   515
Car elle est plena gratia.
Dis-tu qu'el n'a non plus d'honneur
Que les aultres de son lignage,
Qui est mere du grand donneur?
Ou as tu trouvé ce passage?   520
Fort appert que tu n'es pas sage.
Elle est dame sur tout, fors Dieu.
Par quoy je soustien en tout lieu
Que plus doit avoir d'avantage.
Quelle famme au viel testament   525
A enfanté, vierge pucelle?
Quelle vierge si dignement
A rendu laict de sa mamelle?
Quelle mamelle, tant fut belle,
A alaicté le hault Seigneur?   530
Aura el point doncq plus d'honneur?
Ouy, malgré toy, villain rebelle.
L'Esglise en chante haultement
Qu'elle est saincte et immaculee,
De qui ne sçauroit bonnement   535

[F. 123]

La'louenge estre referee.
Elle a par grace preferee
En son corps peu porter et prendre

. . . .

Tant a esté bien eurée.
Par quoy je concludz sainement   540
Que toy, gros ane, folle beste,
Faulcement et malvaisement,
Es venu pour troubler la feste,
Et, quoy qu'il t'en soit a la teste,
Ceste saincte conception   545
A esté sans polution.
J'en croy les tesmoingz et l'enqueste.

SARQUIS.

C'est rage comme il tempeste!
Cil me fault il toutesfoys appliquer
      Pour dupliquer   550
Quelque chose qu'il sacha trafiquer,
Je pense bien poursuivir a ma queste.
Comme pourra s'excuser de peché
Ung corps qui est, comme nous avons sceu,
      Pris et conceu,   555
C'est assavoir engendré et receu
D'aultre qui soit de ce vice entaiché?
Si comme Jehan Baptiste et Jheremye
[v°] Il a depuis eté sanctifié,
      Purifié,   560
Devant naquir, et mundifié :

4

Trop bien cela, mais lors ne l'estoit mye.
Par quoy, devant tous bons entendemens,
Conclu ainsy : que feste n'en doit faire
Le populaire,   565
Mais ce concep polut tollir et taire.
Apelez moi vaincu si je vous mens.

LE DUC.

Et je conclu par mes commencemens,
Voulant prouver par tesmoins de certain
Mon cas a plain.   570
Et, s'il vous plaist, il viendront tout souldain
Sans y faire plus longz sejournemens.

SARQUIS.

Pronuncieur des justes jugemens,
Au contraire repaire d'aultre part ;
Ayez regard   575
Au vray subject que l'ung et l'autre impart,
Comment ouez, par leurs enseignemens.

SALOMON.

Vous estes en vos erremens,
Ainsi qu'en justice je treuve,
Demourez en tels argumens   580
En faictz contraires, je l'appreuve.
Pourtant je vous apointe en preuve ;
Informez chacun de sa part,
Afin que celuy on repreuve
Qui la faulse doctrine impart.   585

LE DUC *dit à Salomon en lui monstrant ses tesmoings :*

Veez cy mes tesmoings tous a part,

[F. 124] Qui ne sont pas gens a seduire; '

Vous orrez avant le depart

Comment ilz s'i sçavent conduire.

Premierement je vueil produire 590

Et prouver par dame Figure

Que Dieu vouleut ma Dame esluyre

Et qu'il l'a faicte toute pure;

Par Auctorité d'Escripture,

Par Raison, par Exemple aussi, 595

Et par l'enqueste a l'aventure

Du Commun peuple que veez cy.

SARQUIS.

Et je prouveray tout ainsi

Par deux aultres grans tesmoignages.

SALOMON.

Quelz sont-ilz ?

SARQUIS.

Tenez, veez les cy. 600

Ilz n'en est guaires de sy sages;

Ilz ont veu d'aultres grans passages

Et sçavent bien la vérité

Du cas.

LE PREMIER CHEVALIER.

Ce sont plaisans ymages

Et plains de grant audatité.   605

SALOMON.

Or ça donc, sans prolixité
Entre vous, qui estes humains,
Approchez vous, levez les mains.
Vous jurez Dieu le createur,
[v°]   Nostre Sauveur et Redempteur   610
Qui pour nous souffrit passion,
Par la participation
Que vous attendez a avoir
Es cieulx, et que pourrez sçavoir
En ceste presente matere   615
Vous direz verité entiere;
Pour gaing, pour amour ne faveur,
Pour crainte, contens ne rigueur,
Vous ne lesserez point a dire
Ce que vous en sçaurez.

LE PEUPLE COMMUN DE NORMANDIE.

Non, sire.   620

SALOMON, parlant a Sarquis.

Or me dy, les veulz tu passer
Sans saon? Ne sçaurois tu penser
Cause de recusacion?

SARQUIS.

Je n'y voy excusation
Qu'ilz n'en puissent parler entre eulx.   625

Mais aussi jurez moy ces deux;
Ilz en sçavent, je vous promectz.

LE SECOND CHEVALIER.

Ce sont Sathan et Machomet,
Trop plus maulditz que ame de juif.

SALOMON.

Entendez : de par le Dieu vif   630
Je vous adjure en ceste place
Que ne respondrez sans falace
A ce que vous demanderay.

[F. 125]   SATHAN.

R.   Dire verité! non feray,
            Je ne l'ay point acoustumé.   635

SALOMON.

Et toi, quoy?

MACHOMET.

            Je l'ensuiviroy.
Dire verité! non feroy.

SATHAN.

Plustost je m'en retourneroy
En mon ort palud enfumé.
Dire verité! non feroy.   640

MACHOMET.

Je ne l'ay point acoustumé.

SALOMON.

De par le Dieu que j'ay nommé
Et de par sa puissance saincte
Je vous adjure.

SATHAN.

Par contrainte,
Malgré moy, fault que je l'acorde. .   655
O legion d'enfer tres orde,
Satrapes felons et maldictz,
Dyables de tous bien interdictz,
Monstres hideux et detestables,
Progenices excecrables,   650
Fiers et mauldictz chiens enragés,
Sortissez hors et me vengez !
Je suis adjuré de par Dieu
Dire verité en ce lieu,
Et je suis de mensonge pere,   655
Cauteleux, fier et faulx vipere !

R.
[v°]

Diroy je ce ? ce m'est oultrage.
Je n'ay point apris cest usage,
Contre moy la verité dire.
Suis je subject de me produire   660
Et donner juste tesmoignage ?
Je n'ay point apris cest usage.
La loy mect : *nemo tenetur*
Se prodere; c'est dont j'ay peur.
Je ne suy point d'humain lignage ;   665
Je n'ay point apris cest usage.

Diray je vray ? Ce m'est oultrage.
Ouy, c'est force que je le die

SALOMON.

Guillaume, duc de Normandie,
Les voulez vous sans saon passer?   670

LE DUC.

S'il vous plait de les dispencer,
Je suis d'accord qu'ilz soient vaillables.
Mais, ainsi que l'en peult penser,
Pour tesmoingz ne sont recevables :
Les deables ne sont point creables.   675
Non est pas ce faulx heretique
Machomet; vous le congnoissez.
A nostre loy cela implique;
Combien que j'accorde assez,
S'il vous plaist que vous le facez,   680
Je n'ay pas paour qu'ilz puissent nuyre
De leur aide, je ne veuil pas,
Car mes tesmoingz pourront suffire :
Je suis asseuré a mon cas.

SALOMON.

Approchez vous, dame honorable.   685
[F. 126] Vostre ornement semble admirable
Ditez moy quel est vostre nom.

FIGURE L'ANCIENNE.

Je suis l'ancienne Figure,
Amie de loy de nature,
Roy tres sage, de grand renom.   690

SALOMON.

Faictez veritable record
Du concept dont il est discord
Entre les parties presentes.

FIGURE.

Sire, droit requert que je die,
Car j'ay mise mon estudie   695
D'en monstrer choses excellentes.
Premier en Genese est escript
Que Noé la saincte arche fit
De bois cetrin imputressible :
Aussi sans putrefaction   700
Dieu, pour *prendre* incarnation,
Fit ce sainct corps beau le possible.
Item, la pure columbelle
De salut apportant nouvelle
Comme d'olivier rendant branche :   705
Aussi ce jour, que Dieu esleut,
C'est la nouvelle de salut
Par la vierge tres pure et blance.
Item Moïse vit ardant
Ung buisson, ses brebis gardant,   710
Et toute foys ne bruloit point :

Marie aussi de verité
Ardoit en pure charité
Sans tourner en cendre en ce point.
[v°] Item la figure peult estre   715
De Balaam qu'on verroit naistre
De Jacob ungne estoille clere :
Car l'Esglise la veult nommer
Aurora, l'estoille de mer,
Qui, le jour procedant, esclere.   720
Item, Gedeon vit foison
De rousee sur la toison
Et estoit la terre fort dure :
Aussi chacun est entaché
De cest originel peché   725
Excepté ceste vierge pure.
Item se Judich, dame honneste,
De Olofernes trencha la teste,
Et Thamaris au roy Sirus,
Ceste Dame a brisé le chef   730
A Sathan, prince de meschef;
Jamais d'elle n'eust le dessus.
Item Ezechiel depose
Qu'il vit par une porte close
Seulement ung grand roy passer :   735
Aussi de la vierge feconde,
La plus excellente du monde,
Seule naquit Dieu sans riens casser.
Item les pescheurs qui pescherent
La table d'or et presenterent   740

Devant la table du soleil,
C'estoit proprement la figure
Que seroit ceste vierge pure
Offerte a Dieu en cas pareil.
Item par la royne de Perse,   745
Qui du hault verger en traverse

[F. 127] Regardoit le regne a son pere,
Estoit figuré qu'en tout lieu
Regardoit la grace de Dieu
Et n'eust jamais quelque impropere.   750
Plus, Astiages vit en songeant
De sa fille une vigne yssant
Qui obombrait toute la terre,
Et il luy fut interpreté
Que d'elle seroit enfanté   755
Cirus le tres puissant en guerre :
Par ce roy Joachin je dis,
Auquel l'ange de paradis
Interpreta en telle sorte
Que de sa fille yssiroit   760
Ung roy, qui tres puissant seroit
Et d'enfer briseroit la porte.
Mesmement le roy Assuere
Dessus les Juifz feist edit faire
Que tous feussent livrez a mort ;   765
Et quand Ester, la noble dame
Juifve, toutesfoys sa femme,
Le sceut, vint vers luy plorant fort
Luy requerir par amytié

Qu'il voulsist d'elle avoir pitié   770
Et pour Dieu qu'il ne mourust mie :
Par Assuaire fault entendre
Dieu qui forbanit humain gendre
De sa justice originelle,
Et par Ester la Vierge saincte   775
Qui de ce mal ne fut ataincte,
Car ceste loy n'estoit pas telle.

[vᵒ]   Par quoy justement je depose
De certain qu'en elle est enclose
Toute grace indivisement,   780
Et qu'en conception icelle
De peché n'eust oncq estincelle :
Croiez le tout certainement.

SALOMON.

Parlé en avez haultement,
Dame Figure l'ancienne.   785
Vous, apprez, d'aage plus moienne.
Vostre nom ? Dictez verité.

AUTHORITÉ.

Cher seigneur, sans temerité
Volontiers. C'est Auctorité
Prophetique que je suis dicte,   790
Aagee de la loy escripte,
La saison de severité.

SALOMON.

Or dites ce que vous sçavez,

Ainsi que faire le debvez,
 Ensuivant la conception 795
De ceste fille de Syon,
 Puisque congnoissance en avez.

AUCTORITÉ.

O tres elegant et tres sage,
Rendant justice en tout passage,
Roy erigé tres ardument, 800
En parler doy je aucunement?
Enseigner si grand personnage
Non pensant enseigner Minerve!
Mais puis qu'il vous plaist que je serve
En bon et juste tesmoignage, 805
Je diroy touchant ce passage,
Sans estre a ce faire proterve.

[F. 128] La commune voix la renomme
Mere du Saulveur, Dieu et homme.
Saincte Eglise en chante : *pulcra* 810
Es et decora filia
Jherusalem; ainsi la nomme :
Electa ut sol, toute belle,
Pulcra ut luna, elle est telle,
Speculum sine macula. 815
Oncques son corps ne macula,
Car elle est de mer clere estelle.
Dieu de toutes vertus l'arma,
Car plus que les aultres l'ama,
Qui sont polués en leurs conceptz. 820

Ezechiel en dit : *princeps*
Ipse sedebit in ea.
Plus, Ysaïe a compilé
Quod lignum imputribile
Elegit suam. Pour quoy doncques 825.
Qu'il n'y eust villainye quelconques
En l'âme, est impossible.
O felix, namque es sacra
Piissima virgo Maria,
Beneuree sur toute femme, 830
Puis que saincte Eglise la fame
Omni laude dignissima.
Plus, Sibilla Tiburema
Prophetisant du temps futur
Escript ainsi : *Firmabitur* 835
Consilium in celo
Et annuntiabitur virgo
In terris. Ainsi en parla
Item Sibila Erichia :
In novissimis diebus 840
Nascetur Deus et agnus
De virgine hebraïca.
[v°]   Item, Sibila Libica,
Qui pleine de grace fut moult,
Escript en ce point : *videbunt* 845
Omnes regem vinctum
Et virgo tenebit illum,
Voire, *in gremio domina*
Gentium. Item Sibila

Samica, *in hoc modo*   850
Parlant d'elle : *sedit virgo*
Pulcra nutriens puerum
Quem gentes vocabunt Jhesum.
Et Sibille Eleponna :
Christus nascetur ex casta,   855
Felix ille deus ligno
Vinctus qui pendet ab alto.
Item, Sibila Delphica
A dit : *Nascetur propheta*
Absque mari et de sancta   860
         Virgine Maria.
Item, Sibila Cumana,
Parlant comme les aultres font :
Jam redit virgo, redeunt
Que saturnia regna.   865
Item Sibila Frigia :
Christus annuntiabitur
In Nazareth et nascetur
In Betleem terra Juda,
Felix mater, et cetera.   870
[F. 129] Aultrement voions en registre
De Genese le tiers chapitre :
Ponam inimicicias inter te et mulierem
Et ipsa conteret caput tuum.
Item, le psalmiste David   875
Quand en esperit la previd :
In sole posuit tabernaculum suum Altissimus
Et ipse tanquam sponsus

Procedens de tabernaculo suo.
Item, Job, plain de sapience,   880
Dit par prophetique science :
Quis potest facere mundum
De immundo conceptum semine,
Nonne tu qui solus es ?
Sainct Augustin a descrit d'elle,   885
La voulant prouver toute belle :
Hoc solum predicare debemus quod virgo et mater
ejus est,
Quæ rerum naturam transcendit et omnium creaturarum
nobilitatem et majestatem.
Sainct Augustin recite ainsi
De ladite dame sans si :   890
Decebat ut virgo Maria ea puritate niteret
Qua sub Deo major nequit intelligi.
Item, il dit que de Marie
N'est pas vray amy qui varie
Et fait quelque suspicion   895
De fester sa conception.
Qu'il soit vray ! Tant en ont escript
Les notaires du Sainct Esprit,
Les prophetes et docteurs sainctz,
Que les livres en sont tous plains.   900
Par quoy je puis bien deposer
[v°]   Que Dieu l'a voulu aloser
Sur toute pure creature,
Et la preserver par droicture
Com il en voulut disposer.   905

SALOMON.

Vous, apprez, sans interposer.
Comme est vostre nom, ma mye?

RAISON, fille de roy.

Hault roy, orné de prophetie,
Comblé de graces a foison,
Mon nom ne vous celeroy mye.   910
Je suis de roialle maison,
Fille de roy, nommee Raison,
Seur de justice et equité,
Adversaire de iniquité,
Dont, par mon père que je honore, 915
Je me donne admiration
Que l'en veult contredire encore
Ceste saincte conception.
Anges, en leur creation,
Furent tous purs, et pour quoy esse 920
Que ne le seroit leur maistresse?
Et, qui plus est, Adam et Eve
Furent creez en purité:
Par quoy celle qui les releve
Aura plus grande auctorité. 925
N'a elle pas plus merité
Que Jehan Baptiste et Jeremye?
Je croy que vous n'en doubtez mye.
Item, celuy peché d'Adam,
Combien qu'il fut d'antiquité 930
Et en fut pugni a son dam,

Si ne peult il en equité
[F. 130] Le conseil de la Trinité
Perturber ne muer en riens,
Car c'est la source de tous biens ? 935
Se les sainctz du viel testament
Ont esté de damnation
Gardez, preveant seulement
De Dieu la saincte passion,
Pourquoy par preservation 940
N'aura esté telle trouvee
Ainsi que saincte preservée ?
Sainct Jehan dit en l'Apocalipse
Qu'il veit l'ange du ciel descendre
En severité de justice, 945
Sur terre et mer ses piedz estendre,
Et jure, comme il donne entendre,
Qu'il n'estoit plus de sillence
Mais de rigueur et pestilence,
C'est a dire qu'il n'est plus temps 950
De grace ne misericorde
Pour les envieux mal contens
Des louenges qu'on luy recorde,
Mais l'abisme d'enfer tres orde,
De toute joie separee 955
Et a telz meschans preparee.
B. Ores, dit Genesis primo,
Fiat lux, c'est a nous aprendre
Que fut preveue ab eterno
Lumiere, qu'on ne peult comprendre, 960

6

De la quelle fist clarté rendre

Plus que de radiant estelle :

Et par consequent toute belle.

Item, Sathan, le faulx vipere,

De qui elle a brisé le chef,   965

Ne luy peult donner impropere

Ne l'accuser de ce meschef,

Car elle eust et a de rechef

Pouoir sur luy et sa sequelle :

Et par consequent toute belle.   970

Se tache eut eue origignielle,

Pour ce temps eut esté indigne

Et perdu le bien predit d'elle,

Subjecte a la faulse vermine.

Mais Dieu qui de tout determine   975

La preserva de sa cautelle :

Et par consequent toute belle.

Sainct Anselme dit qu'en enfer

Elle aimeroit mieulx estre en peine,

Sans peché, avec Lucifer,   980

Que d'estre en gloire souveraine

Et avoir de tache villaine

Aultre fois en plaie mortelle :

Et par consequent toute belle.

Se le prestre prent pour hostie   985

Le plus pur pain qu'on peult trouver

Pour estre en vray corps convertie

De Dieu, est ce pas a prouver

Qu'il la voulust donq approuver

Tres pure pour descendre en elle ? 990
Et par consequent toute belle.
Se Dieu garda de mort villaine
Daniel en la fosse mys,

[F. 131] Jonas en ventre de la ballaine,
Ananias et ses amys, 995
Pourquoy n'aura il donc permys
Qu'elle n'ait de vice estincelle ?
Et par consequent toute belle.
Et s'il voulut avoir tombeau,
Pour estre mys en sepulture 1000
Apprez mort, tout neuf et tout beau
Ou ne fut aultre creature :
Pourquoy luy en double nature
N'a eu saincte et tres digne celle ?
Et par consequent toute belle. 1005
A raison de maternité :
Car Dieu commande qu'on honore
Pere et mere; il est recité
En Exode, j'en ay memoire;
Sainct Mathieu l'a escript encore, 1010
Qui veult acomplir la loy telle :
Et par consequent toute belle.
A raison de sa saincteté :
Car oncques ne voulut pecher
Ne hors de grace n'a esté 1015
Pour rien qui l'ait peu empescher;
En elle ne doibt l'on cercher
Coulpe de tache originelle :

Et par consequent toute belle.
A raison de sa dignité :   1020
Car elle est espouse du Pere,
Mere du Filz en deité,
Du Sainct Esperit chambre clere,
Et saincte Eglise la declaire
[vº]   De la Trinité vierge ancelle :   1025
Et par consequent toute belle.

SALOMON.

Il suffit. C'est assez dit d'elle.
Vostre nom ? Il le convient dire.

EXEMPLE.

B.   Mon propre nom, c'est Exemple, cher sire,
Roy Salomon, magnifique et tres sage.   1030
A vostre vueil complaire je desire
Et declairer que j'en ay en courage;
Ce ceste loy de grace, c'est mon aage.
Et, puis que suis devant vous convenue,
Je vous diray, comme je y suys tenue,   1035
Du sainct concept de la tres glorieuse
Dame d'honneur, chose miraculeuse,
Le sacré jour de sa conception,
Que Dieu a fait pour approbation
Que festiver luy est chose joieuse.   1040
L'abbé Helchin hors de peril de mer
Fust rendu sauf, comme il est recité.
Alexandre des Halles puys nommer

Qui tous les ans luysoit en la cité
De Windesore, mais en neccessité 1045
De malladie encheait tous les ans
Tant qu'il cessoit monstrer a ses enfans
Et qu'il festast sa feste sollennelle,
Comme il escript au sermon qu'il fist d'elle,
Ou commença pour introduction 1050
Fiat lux, la prouvant toute belle,
Le sacré jour de sa conception.
Ung jeune clerc, qui puis fut d'Aquilee
Patriarche, soy voulant marier,
[F. 132] A deux genoulx arriere en quelque allée 1055
Devotement la voulant deprier,
Elle luy dist : « Que veulx tu varier ?
« Puis que je suys tant belle et decoree,
« Comme tu dis, lesse toy affier;
« Feste le jour de mon concept tres digne, 1060
« Et tu auras recompense condigne. »
Dont puis entra en sa religion
Et celebra de volunté benigne
Le sacré jour de sa conception.
Ung prestre, alant au peché d'adultere, 1065
Passant par sus la riviere de Saine,
Disoit d'elle son service ordinaire,
Mais le diable luy donna tant de paine
Qu'il fut noié; c'est chose tres certaine
Que au jugement l'accusa devant Dieu. 1070
Lors la Vierge pour luy fut en cest lieu
En tel secours qu'il fut remys en vie,

Lui promettant en fin joye assouvye
S'il festivoit en collaudation
Au bon plaisir de la vierge Marie 1075
Le sacré jour de sa conception.
Ung malfaicteur fut condanné a pendre
Et reclama la vierge venerable,
Qui s'apparut pour delivré le rendre
Luy commandant ceste feste honorable. 1080
Puis ung moine d'oppinion dannable
A Toulouze preschant tout le contraire,
Survint ung leu, sans a aultre mal faire,
Qui l'estrangla devant tous en la place.
Ung aultre apprez par la divine grace 1085
Tout roide mort tumba sans fiction
[v°] En denigrant par erreur pertinace
Le sacré jour de sa conception.
Prince, sachez, se raconter vouloie
Ce qui en est, trop prolixe seroie; 1090
Et croy que Dieu la malediction
Donne a tous ceulx qui ne festent par joie
Le sacré jour de sa conception.

SALOMON.

Sus, apprez, sans dilation,
Homme d'enqueste, qui es tu, 1095
Que je voy en ce point vestu?
Ton nom? Je te veulz bien congnoistre.

LE COMMUN PEUPLE DE LA BASSE NORMENDIE.

Ne le sçavons peint, nostre maistre.

Es convient que je vous dye?
Bé, ne sieux je de Normandie   1100
Le quemun peuple? Ch'est men nom.
Sçavons peint quelle aage j'ey.

SALOMON.

                  Non?

LE COMMUN PEUPLE.

De pieux chinq ans juq'a siez vingtz,
Men mestre.

SALOMON.

        Ce n'est que bien prins :
J'approuve ceste consequence   1105
Que depuis les ans de innocence
Jusq' ès ans de decrepité
C'est le peuple et communité.
Mais qui t'a aprins ce langage?

LE COMMUN.

Bé, n'est ce nostre propre usage   1110
Et le vray vulgaire normant?
Quique m'en vueille estre blasmant?
[F. 133]   Ainsi mé l'a ma mere apprins
Et n'en doy peint estre reprins.
Pourtant se ces gallins gallans   1115
Ont esté parmy ces Francheiz
Et ont contrefait leur langage,
Si sieux je vray Normant, g'y gage.
Ne sieux pas doncq, men bon seigneur?

SALOMON.

Or me dy sans plus de sejour,   1120
Par le serment que tu as fait
Au Dieu vivant et tres parfait :
Que croy tu ? que te semble il estre ?
Que puys tu bonnement congnoistre
Du faict de la conception   1125
Dont il est present question ?
Est elle pure, saincte et belle,
Sans quelque tache originelle ?
Y a il eu polution,
A ton ymagination ?   1130
Qu'en croy tu ? Or dy, par ta foy.

LE COMMUN.

R.   Se je le crey, se je le crey !
        Bé, a quey mé le demandous ?
        En ygnorons, par nostre foy ?
        Se je le crey, se je le crey !   1135
        Le diable m'emport' quand et sey
        Se ne m'en fais machue de houx.
        Se je le crey, se je le crey !
        Bé, a quey mé le demandous ?
        N'est che le meien le plus doulx,   1140
        Et n'est che la douche puchelle
        Qui de sa tres digne mamelle
[v°]   A alecté che noble Rey ?
        Se je le crey, se je le crey !
        Mays qui veult contre luy hoignier ?   1145

M'arme! Il auroit a besoignier
Assez pour en caer au dessoubz.
Bé, a quey mé le demandous?
Je ne quenyeux tant innocent
Ne sy viel, eust il des ans chent,　　　　1150
Qui le nye, a che que je vey.
Se je le crey, se je le crey!
Pas ne seraye vray Normant
Se j'alloie chu concept blasmant,
Comment che meschant mesurous.　　　　1155
Bé, a quey mé le demandous?
C'est assez parler : mé de mey,
Pour estre brulé devant tous,
Se je le crey, se je le crey.
Bé, a quey mé le demandous?　　　　1160

　　　　　　　Cy se met a genoulx nu teste, et dit
　　　　　　　　　　en ce faisant :

Men huvel bas, a deux genoulz,
Je crey, aussi vray que je dis,
Que la reine de paradis,
La mere Dieu, nostre mestresse,
A eu en sey tant de noblesse　　　　1165
Et tant de grace et tant d'honnour
Que jamays Dieu nostre signour,
Qui l'a peu et deu et voulu,
N'a souffert estre en rien polu
Son tres glorieux et pur corps,　　　　1170
Ne par dedens ne par dehors,
Et n'eust termé polution

[F. 134]   En sa saincte conception,
Devant, en l'instant, ne apprez;
Mais il la garda par exprez   1175
Pour son tect et sa maisonnete
Trestoute belle et toute nette,
En despict des faulx envyeulx.
N'es che merveille qu'en tous lieux
La feste ès Normans est nommée?   1180
Ossy est elle bien aymée.
Apprez Dieu, ch'est nostre credenche,
Nostre esper, nostre confidenche.
N'es che quelque chose qu'on die
Sen douaire que Normendie?   1185
Sen benest fieulx ly a donné
Che bon peis et abandonné
Pour partage, pour appennage,
Bé, n'es che son propre heritage?
M'erme! ossy on ne l'y het peint.   1190
Et pour en congnoistre le point,
Je m'esmerveille comme encore
Il est du contraire memoire,
Et m'esbays que terre n'euvre
Qui transgloutisse et pieux requeuvre,   1195
Ainsy que Abiron et Datham,
Telz hoignours. Ha voy que deten
Du pseaulme qui se commenche
Deus laudem; pour recompense
Soient ilz maulditz! Tant seulement   1200
Si sont ilz, a men jugement.

Car, aussy vrey quement la messe,
Nous ly devons fey et promesse,

Honneur, gloire, devotion,
Cantique, genuflection, 1205
Tribut, veu, reverence, hommage,
Peage, service et dixmage.
N'es che nostre escu, nostre garde,
Nostre secours, nostre avant garde,
Contre les ennemys d'enfer, 1210
Fussent ilz aussi fors que fer?
Jamays a eulx ne fust submyse
Ne de quelque peché reprise,
En despit des villains hoignoux,
Qu'en deust besilier devant tous 1215
Et dehagner comme la cher
A la fenestre du boucher,
S'ilz retournent aucunement.

SALOMON.

Qu'en croys tu?

LE COMMUN.

Tout fin proprement,
Qu'elle est belle comme le jour, 1220
Ou la raide mort sans sejour
Me pieusse aterrer prestement
Se je ne le crey fermement.
Bé, a quey le fault il cheler?

SALOMON.

Apprez, c'est a toy a parler. 1225
Qui es tu, que Sarquis met
Pour tesmoing?

MACHOMET.

   Je suis Machomet,
Jadis heretique appelé
Et de plusieurs intitulé
Messager Sathan, magnifeste ` 1230
Deceveur de gens, faulx prophete,
[F. 135] Signat de toute faulseté,
Pour ce qu'on dit que j'ay esté
D'antechrist le vray precurseur
En acomplisement d'erreur. 1235

SALOMON.

Quand commenças tu a regner?
Dy vray.

MACHOMET.

   Force est que je responde :
L'an de l'origine du monde
Six mil huit cens traise ans, sans plus,
Et l'an du prophete Jesus 1240
Six cens et quarante troys ans.
Et, combien que je sois des grans
Seigneurs de mensonge menteur,
De paroles sophistiqueur,

Aprouvé des faulx heretiques   1245
Par faulsetez diaboliques,
Si suys je constrainct toutesfoys
De par Dieu dire a haulte voix
Et reciter la verité.
Vray est, roy en auctorité,   1250
Salomon, que l'en dit le sage,
Quand je fu en premier aage
Marchant et meneur de cameaulx;
Mais par moiens subtilz et caulx
J'espousay une riche femme   1255
Qui de Corrozaÿm fut dame
Et estoit Quadrigan nommee;
Dont alors creut ma renommee,
Tant que, par l'instigation
De Sathan et sedution   1260
De Sarquis, cest apostat,
Je publiay pour mon estat
[v⁰]   Une faulse loy erronique,
En la quelle par ma pratique
Si cauteleusement lyay   1265
Les gens que je les allyay,
Car les diables en celuy temps
Du roy Eracle malcontens
Par ce qu'il leur estoit grevable.
Les Persiens et par semblable   1270
Capadoce, Pont, Armenie.
Solane, Papalagonie,
Frigie, le pais de Fenice,

Et d'aultres lieuz, par ma malice,
Mesopothamye, Sirie,   1275
Palestine, la grand Carie,
Et grande part des regions
D'Asie, par mes seditions,
Toute Affrique et grande partie
D'Europe en la terre espartie   1280
Vers orient, jusques en Trace,
Et Pannonie, par fallace, ·
Par tresors et par ma puissance,
Je mys en mon obeissance.
˙Tous les quelz peuples je tournay   1285
A ma dotrine et actournay
Tellement qu'ilz me feirent feste,
Disant qu'estoie vray prophete,
Envoié du Dieu Abraham ;
Et aussy que Jheroboam   1290
Par sa faulseté espartie
Osta la dixieme partie
De la maison du roy David.
Ainsy fortraire l'en me vit
Grand partie des crestiens   1295
Que je atrapay a mes liens,
[F. 136]   Tant que, se depuis par puissance
Le tres chrestien roy de France,
Charles le grand, et aultres princes
N'eussent reduictes leurs provinces,   1300
Lors perissoit la loy de Christ.
Et tout cecy a par escript

Campanus, ou trouvé sera
Dedens mon livre Albigera.
Item, a l'aide de troys maistres   1305
Aulxquelz le dyable donnoit lestres
Et administroit industrie,
Fis ung livre soubz leur maistrie,
Lequel est Alchoram nommé.
Mon premier maistre renommé   1310
Estoit juif et grand astrologue;
Le second, cauteleux et rogue,
On l'appeloit Jehan d'Antyoche;
Et le tiers, non point pour reproche,
C'estoit Sarquis, arrien.   1315
Soubz eulx, par sinistre moien,
Composay loy abhominable,
Car tout ce qui est agreable
Aux vicieux touchant luxure,
Orgueil, gloutonnye et usure,   1320
Estoit tolleré en ycelle.
Toute foys ne fault que je celle,
Ce qu'ay confessé par contrainte,
Y avoir escript chose faincte
Jusque a douze mille parolles,   1325
Toutes menteries et frivolles.
Mais a celles de verité
Ce qui ensuit est recité :
[v°]   *Non est de filiis Adam*
Quem non tetigerit Satham   1330
Preter Mariam, je le croy,

Et filium ejus. C'est vray :
Des filz d'Adam n'y a celuy
Ou le dyable n'ayt eu apuy
Et qu'il n'ait tenu en ses filz,   1335
Exeptez Marie et son filz.
Et combien, comme il est publique,
Que j'aye esté grand heretique,
Si ne dys je jamays mal d'elle,
Mais ay tousjours dit qu'on l'appelle   1340
La saincte femme et qu'on l'honore.
Revere, colaude et decore
Sur toutes les femmes de bien.

SALOMON.

Et toy, nous en diras tu rien ?
Qui es tu, ainsy detestable ?   1345

SATHAN.

Je suys Sathan, ung povre diable,
Le plus meschant et myserable
Qui jamays fut creé ne faict,
Chenu, hideux et non papable,
Tant viel comme il est vraysemblable   1350
Qu'il n'est riens si viel en effect
Avilleny par mon meffaict
Et navré de plaie incurable.
Mes tiltres celer je ne puys :
Pere de mensonge je suys,   1355
Contraire de toute equité,
Capitaine des interditz,

Chevetain des dannez maulditz
Et roy de toute inniquité.

[F. 137] Comme donc seray je aquité 1360
De la matere que tu dis?
Comme diray je bien de celle
Qui est mon ennemye mortelle,
Et qui plus me fait de destresse
Et me dechasse et me repelle? 1365
Et encor fault que je l'appelle,
Maulgré moy, ma dame et maistresse,
L'advocate et procureresse
De povres pecheurs; elle est telle.
Mais puys que je suis devant toy, 1370
En la vertu du puissant Roy
Conjuré de verité dire,
Force est la dire maulgré moy.
Excusacion je n'y voy
De pouoir a ce contredire. 1375
Haa! meschant trop me doy mauldire;
Il y a bien cause pour quoy.
Quand par juge du Dieu des dieux
Tumbay en enfer des haulx cieulx,
J'euz bien certiffication 1380
Que ung grand Roy de terrestres lieux
Naquiroit, qui depuis mes fieux
Mectroit tous en destruction,
Et devoit incarnation
Prendre en ung ventre precieux. 1385
Item des lors qu'Adam mordit

A la pomme et fut interdit
De delices en heure brefve,
Il est vray que Dieu me mauldist;
Et si me souvient qu'il me dist   1390
Qu'il viendroit une seconde Eve
Et qui mon chef en douleur grefve
[v°] Briseroit au temps dessusdit.
Item, j'euz bien cognition
Du fait de sa conception   1395
Et touchant sa nativité,
Mesme de l'incarnation
De son filz, que sans fraction
On dit que vierge a enfanté.
A nul de ces fais n'ay esté   1400
Mais croy que c'est la verité,
J'en fay la deposition.
Item, je ne possede l'ame
Ne le corps, ou qu'il soit soubz lame;
Et ne sont, ce peult on bien croire,   1405
Dedens nostre infernalle flame,
Ne hault, ne bas, quoy qu'on reclame.
Non sont ilz en toute la terre :
On y a beau chercher et querre
Pour trouvoir rien de ceste dame.   1410
S'elle est avec les benedictz
En corps et ame en paradis,
Quand est a moy je n'en sçay rien,
Car depuys que j'en descendis
Je n'y rentray : cela je dis;   1415

Touteffoys elle y seroit bien,
Et si le croy ainsi, combien
Que ce soit contre nous maulditz.
Or est la vraye raison telle :
Ce qui cause plaie mortelle   1420
Et de la chair corruption
N'est rien fors tache originelle,
Dont par cela appert qu'en elle
En a esté exemption
Et qu'elle est en conception   1425

[F. 138]   Sans ville tache, toute belle.
Par ma faulse instigation
Plusieurs en predication
Et ès escriptures ont mys
Qu'elle n'eust que mundation,   1430
Et sont en obstination
D'erreur, de ce secle transmys,
Qui sont en enfer noz submis,
Condannez en dannation.
Maulgré moy fault que le confesse,   1435
Maulgré moy fault que l'erreur cesse,
Maulgré moy fault que je le die,
Ce qui me provoque a tristesse :
Il n'y a diable ne dyablesse
Adjuré qui le contredie,   1440
A bon droit ceulx de Normandie
En font sollennité expresse.

SALOMON.

Ouy, en ce lieu, sans oppresse,
De tous les tesmoings cy presens
La deposicion, qui cesse   1445
Par Sathan, diable hors du sens,
En presence des assistens,
L'arrest vueil estre pronunchant.

       L'Arrest.

Entre tres hault et tres puissant
Illustre prince et flourissant,   1450
Guillamme, duc de Normandie,
Soy reputant vray obeissant
Et humble amoureux de Marie,
Pour luy et sa chevalerie,
D'une part, plaintifz par leurs dictz,   1455
Et le maistre des contredictz
Nommé Sarquis, arrien,
Soy disant theologien,
Et deffendeur en ce regard
D'icelle plainte, d'aultre part;   1460
Veu, ouy et bien entendu
Lesdictes parties en temps deu
Au long leur procès en publique,
En propos, responce et replique,
Duplique et leurs conclusions;   1465
Apprez leurs alegations
Et que appointez ils ont esté
A prouver de chacun costé;

[v°]

De puys adjurez de vray dire
Tous ceulx qu'ilz ont vouleu produire   1470
Et, comme en tel cas est requis,
Passer sans saon ; iceulx enquis,
Et bien au long examynez
Leurs dictz, notez et ruminez
Suffisanment a leur requeste;   1475
Lesquelz tesmoingz et gens d'enqueste
Ont tous deposé a l'honneur
Et entente dudit seigneur :
C'est que icelle saincte pucelle
Toutes aultres femmes precelle,   1480
Mesmes qu'en sa conception
N'a eu quelque polution;
Par lequel raport d'iceulx tous,
Et consideré que de nous
Ès Cantiques il est escript,   1485
Par le vouloir du Sainct Esprit,
Sicut lilium inter spinas
Sic amica mea inter filias,
Comme le liz soef, pur et digne
Croit entre la poignant espine,   1490

[F. 139]
Est sa mye belle des belles
Entre les filles et pucelles;
Item plus est escript *tota*
Pulcra es amica mea
Et macula non est in te :   1495
En ce lieu mesmes est recité
Que Dieu nostre seigneur l'appelle

Sa chere amie toute belle,
Sans quelque macule; Par quoy
Nous, Salomon, seigneur et roy   1500
De Jherusalem, cité saincte,
Acordablement, sans contraincte.
Juge acceté en la matiere
Pour en rendre raison entiere
Par nostre equitable ordonnance,   1505
Tout sans apel ne doleance,
Ainsi qu'ilz en ont fait accord,
Par arrest en derrain ressort,
Nous vous disons et declairons,
Prononçons et sententions,   1510
A toutes personnes humaines,
Que doresnavant, sur grans paines
Comme d'offence capital
Ou d'encourir en general
Crime de lesce majesté,   1515
Homme de quelque auctorité
Ou estat ou condition

. . . .

Que ce sainct concept n'ayt esté
Tout temps en toute netteté,
Par grace et par prevention   1520
De divine dilection,
Et n'a eu tache originelle
Ne venielle ne mortelle,
[v°]   Mais toute benediction
Dès lors de sa creation   1525

En ame et en corps, toute belle.
Dont toy, heretique et rebelle,
Sarquis, arrien dannable,
Comme pertinax, miserable,
Pour ce que tu l'as denié,   1530
En exil seras envoié,
Nous [t']extirpons et bannissons,
Dejectons hors et dechassons
Pour ton excecrable peché
De l'imperialle duché   1535
Et noble païs normannique.
Et vous, tres hault et magnifique,
Preux duc, en signe de victore,
Et perpetuelle memoire,
Comme il affiert a tel seigneur,   1540
Vous livrons la palme d'honneur;
Mesmes, pour juste recompence,
En signe de bonne deffence,
Ainsi que poete lauré,
Serez humblement decoré,   1545
Le chef tres noblement couvert
Du chapeau de pur laurier vert.
Si festivez devotement
Ceste feste annuellement
Tant en science de musique   1550
Comme en celle de rethorique,
Par espigrammes, champs roiaulx,
Balades, virelaiz, rondeaulx,
Par oraisons et par chançons

Et aultres diverses façons,   1555
En langue latine ou vulgaire,
[F. 140] Ainsi qu'il vous plaira de faire.
Plus declairons en toute terre,
S'il eschet que soiez en guerre,
Que vous puissez prendre sans blasme   1560
Pour le cry commun *Nostre Dame!*
Mesmes publiquement nommer,
Intituler et renommer
La *Feste aux Normans* cestuy jour,
Que vous festerez en amour   1565
Gardant vostre possession.

LE DUC.

R   Cher seigneur, d'humble affection
Nous rendons graces et mercy
Qu'il vous a pleu nous rendre icy
Jugement sans deffection.   1570

SARQUIS.

C'est jugé par corruption :
Il ne se devoit faire ainsi.

LE PREMIER CHEVALIER.

Cher seigneur, d'humble affection
Vous rendons graces et mercy.

SALOMON.

Soustenez par devotion   1575
L'honneur de la belle sans sy.

LE SECOND CHEVALIER.

C'est nostre volonté aussi,
Et toute nostre intention,
Cher seigneur.

LE TIERS CHEVALIER.

        D'humble affection
Vous rendons graces et mercy.   1580

LE QUART CHEVALIER.

Vous nous avez rendu ycy
Jugement sans deffection.

[v⁰]   **LE DUC,** *au departement.*

En l'honneur et dilection.
De Dieu puissez vous demourer.

SALOMON.

Tousjours en augmentation   1585
De bien puissez vous labourer.

SARQUIS.

B   Helas! helas! or doy je bien plourer
Et souspirer, detester et mauldire,
Quand on me veult ainsi deshonnourer,
Mectre en exil, bannir et interdire!   1590
Que pourroy je faire, penser ne dire?
O malheureux, le plus dolent du munde,
Tout forcené et passionné de yre!
Terre, ouvre toy. Qu'en abisme je fonde!

9

Je ne cuiday estre vaincu jamais ; 1595
Je ne cuiday jamais trouver mon maistre ;
Je ne cuiday oncq avoir telz arrestz
Qui tant me peult a confusion mectre.
O roy d'enfer, comme veulx tu permectre
Que ung duc normant en tel honneur habonde, 1600
Qui me fait hors de tout plaisir demectre ?
Terre, ouvre toy. Qu'en abisme je fonde !
Le plus dolent que l'en sçauroit descripre,
Le plus meschant qui oncque fut sur terre,
Le plus chetif que l'en pourroit escripre, 1605
Le plus perplex que homme vif sçauroit croire,
Le plus navré en cueur tenu en serre,
Le plus honteux de cent lieues en la ronde,
C'est moy, mauldit, heretique, tricherre.
Terre, ouvre toy. Qu'en abisme je fonde ! 1610
O Machommet, et toy, diable Sathan,
Du tout confuz ne sçay que je responde,
Car sans parler je demeure a metham.
Terre, ouvre toy. Qu'en abisme je fonde !

[F. 141]   SATHAN.

B   Sur quoy veulx tu que je me fonde ? 1615
           Quel reconfort veulx tu de moy ?
           Tu sçay que Salomon habonde
           Plus en science que aultre roy,
           Et il a esté de par toy
           Juge accepté. C'est par ton vice ; 1620
           Il ne t'a rien fait que justice.

MACHOMET.

Il ne t'a rien fait que justice.
Quel diable veux tu rafarder ?
Avoies tu pas clere notice
Que Dieu la voulut regarder　　　　　　1625
Et de ce danger la garder,
Comme sont ses arrestz concludz ?
Tu n'es que ung fol ; n'en parle plus.

SATHAN.

Tu n'es que ung fol ; n'en parle plus.
Vien t'en au goufre plutonique　　　　1630
Avec Nestor, Sabellinus,
Valentin et Macedonique,
Maxcien, et maint heretique
Aultre que je ne nomme pas.
Ilz te attendent entre eulx la bas.　　1635

MACHOMET.

Ilz te atendent entre eulx la bas,
Avec Cerde et le faulx Pellage,
Nescoridés et Nicolas,
Jehan d'Anthioche et son bernage,
Et de Vauldois tant que c'est rage,　　1640
Qu'on dit les pouvres de Lyon,
Ilz sont la plus d'ung myllion.

SATHAN.

Ilz sont la plus d'ung million,
Tant Arriens que Manichees,

[v°]

De Templiers grande legion,   1645
Sarguntes et Saducees;
Quand au regard des Farisees,
Ilz y sont assiz au hault bout.
Vien avec nous, tu verras tout.

MACHOMET.

Vien avec nous, tu verras tout.   1650
Aussi chacun quert son semblable :
Nous aurons a toy plus de goust
Qu'a ung aultre moins miserable.
Veez cy nostre pere le diable,
Qui nous sçaura bien eschauffer   1655
En son puant goufre d'enfer.

SARQUIS.

En son puant goufre d'enfer
Suis appareillé de descendre.
Hau ! Roy des dannez, Lucifer,
Fey convertir mon corps en cendre   1660
Et mon ame a tes sergens prendre,
Pour m'oster de honte si grande.
A tous les diables me commande.

*Cy se œuvre la terre et entrent dedens
Machomet et Sarquis.*

LE DUC.

O chevaliers, referons a Dieu gloire
De la victoire   1665
Que aujourdhuy avons eue.

Porter pouons ceste palme en memoire
De l'aurore
Que nous avons receue,
Puisqu'elle est sceue   1670
Et d'entree et d'issue
Pure conceue.
Disons ce beau mot d'elle :
En son concept sans tache toute belle.

LE PREMIER CHEVALIER.

[F. 142] Recommençons nostre sollennité ·   1675
En unité,
En joie et en leesse.
Que maint beau dit soit d'elle recité
Par la cité
Et rejectons tristesse.   1680
Nostre princesse

·   ·   ·   ·   ·   ·

Fleur de noblesse,
Laquelle nous pourchasse
La paix de Dieu et l'amour et la grace !

LE SECOND CHEVALIER.

Vive le chef des glorieux Normans,   1685
Parfaictz amans
De la digne pucelle.
Il n'est point leu hystoires ne romans
Qu'ilz soient servans
Quelque villanye d'elle.   1690

Mais on l'appelle
La dame toute belle,
D'originelle
Lesion separee,
Nette maison pour le Roy preparee   1695

LE DUC.

Pour faire fin, recommançons noz chans,
Les cieulx perchans,
Pour l'honneur de la dame.
Invitons clercz, nobles, bourgoys, marchans,
Et gens des champs   1700
Lui offrir corps et ame,
La pure gemme
Que sur toute aultre j'ame.
Sus ! qu'on proclame
Ce chant ou il y a :   1705
Tota pulcra es, amica mea.

Fin dudit mistere, et chantent les chantres
de ladite chappelle du duc.

CHANT ROYAL

PAR

Me GUILLAUME TASSERIE.

[Bibl. de Rouen, Ms. Y. 18, anc. fonds.]

[Folio 8, recto.]

L'an mil iiij^{ce} iiij^{xx} x au puy tenu en l'eglise sainct Jehan par noble homme Richart de Cormeilles après tous les chantz royaulx presentés audict puy, et iceulx bien leuz visités et debatus fust adjugé la palme a Me Guillaume Tasserye pour avoir faict le chant royal qui ensuit comme le plus ellegant.

CHANT ROYAL.

Conbien que Adam par inobedience
Fist trebucher les humains en ruyne
Et obligea tous ceux de sa semence
A ce peché que on dit tache origine,
Ce nonobstant la noble fleur benigne,   5
La fleur des fleurs, la sacrée pucelle
[Mere] de Dieu, qui les aultres precelle,
Royne regnant au trosne glorieulx,

En son concept tres digne et precieulx
Ne fust jamaiz quelque polucion,   10
Mais la feist Dieu par faictz miraculeulx
Belle sans si en sa conception.

Raison pourquoy, c'est la divine essence
La prevoioit pour estre son affine,
Et se elle eust eu de peché violence   15
Par aulcun temps elle eust esté indigne,
Et qui plus est eust perdu la saisine
De tous les biens qui estoint predictz d'elle.
Semble donq bien qu'el n'a pas esté telle,
Maitz Dieu a faicte par pouoir vertueulx   20
Qu'el est jouy des biens celestieulx,
Donc doibt avoir plaine fruiction
Celle qui est mere du Dieu des dieulx,
Belle sans si en sa conception.

Figuree est sa grande preeminence   25
Par le blanc lix naissant entre l'espine,
Par l'esglentier qui donne redollence,
Par le laurier qui victoire desine,
Et par le jour qui la terre enlumine.
C'est de la mer l'estoille clere et belle,   30
C'est de Noé la pure coulombelle,
L'arche de Dieu de bois misterieux,
L'arche de paix, temple tres gracieux,
Tres pur, tres nect vaissiau d'ellection,
Qu'on doibt nommer maulgré tous envyeux   35
Belle sans sy en sa conception.

Eve et Adam furent en innocence
Premier creés par la vertu divine,
Et eussent eu d'elle plus d'excellence
Se en son concept peché eust point rachine.   40
Semblablement ce Jeremye digne
Et Jehan aussy, qu'en chambre maternelle
Furent mondés de tache originelle :
Doibt elle pas par raison estre mieulx
Et avoir eu compcept victorieux,   45
Non seullement avoir mondacion,
Mais l'exempter de tout cas vicieux ?
Belle sans si en sa conception.

Ainsy, il est selon nostre credence ;
Celluy l'a faite qui tout peult et domine.   50
O maniches plains de malevolence,
Ne preschés plus vostre faulce doctrine,
Car on a veu en advenir mainct signe,
Plusieurs mourir de malle mor cruelle,
Lesquelz voulloint tenir vostre querelle   55
Par argumens caulx et malicieux.
A tous vos dictz et blasons envyeux
Je ne veux point d'autre probacion
Fors qu'a present on la tient en tous lieux
Belle sans sy en sa conception.   60

Envoy.

Gentilz Normans, soyés donc curieux
De festiver en grand devocion
Le sainct concept de la Royne des cieux,
Belle sans si en sa conception.

LA DAME A L'AIGNEAU

ET

LA DAME A L'ASPIC,

MORALITÉ, PRÉCÉDÉE D'UNE BALLADE,

PAR

Mᶜ GUILLAUME THIBAULT.

1520.

LA DAME A L'AIGNEAU

ET

LA DAME A L'ASPIC

MORALITÉ, PRÉCÉDÉE D'UNE BALLADE,

PAR

Mᵉ GUILLAUME THIBAULT

1520.

[Bibl. de Rouen, Ms. Y. 18, anc fonds.]

[Folio 88, verso.]

L'an mil Vᶜ et xx le ixᵉ jour de decembre, au puy de l'immacullee conception tenu au couvent des Carmes de Rouen par scientificque personne monseigneur maistre Guillaume Dantyny, pryeur du Mont aux mallades et chanoaine de nostre Dame de Rouen, auquel puy aprez tous les chantz royaulx, ballades, rondeaux et epigrammes presentees audict puy, et iceulx bien leues, visités et debatus par la grande et noble assistence, princes dudict puy, senateurs, chanoines, docteurs en theologie, poetes, orateurs et autres notables personnages, fut adjugé la palme a Mᶜ Guillaume Cretin pour avoir faict le premier chant royal qui eust, et pour le second cy aprez escript fut donné le

lis a Damp Nicolle Lescarre, relligieux de Sainct Ouen de Rouen.
Et pour la ballade escripte apres lesdictz chantz royaulx fut donné la
roze a maistre Guillaume Thibault. Et pour le rondeau escript aprez
ladicte ballade fut donné le signet a Me Pierre Avril. Et pour le bon
epigramme fut donné le chappeau de laurier a Loys Osmont. Et pour
le debatu fut donné audict Thibault une estoille.

[F. 92, r°.]   *Argument.*

Deux dames, dont l'une a l'aigneau,
L'autre, ung serpent, en l'armarie,
Assemblerent en la prarye
Deux gendarmes en ung troppeau,
Mais l'ung d'eux y laissa la peau.   5

BALLADE DE MAISTRE GUILLAUME THIBAULT.

Une dame portant pour armes
En son escu l'aspic divers
Vexoit, par l'ung de ses gendarmes,
Une dame a qui sont ouvers
De grace les jardins tous verdz,   10
Que le serpent ord ne maculle,
[v°]   Descripte en l'Eglise par vers,
La dame a l'aigneau sans maculle.

Cette dame plongee en larmes,
Ou Dieu tous biens a descouverts,   15
Se retira au mont des Carmes,

Ou maint homme a recouvers.
Noble cueur, l'ung, sault au travers,
Disant : celuy qui tout speculle
Preserve du serpent pervers   20
La dame a l'aigneau sans maculle.

Le bon vassal crueulx alarmes
Livra, sur le temps des hyvers,
A cil qui mouvoit telz vacarmes
Pour la dame trouver envers,   ·   25
Et le feist tumber d'un revers,
Prouvant, par foy qu'il articule,
Triumpher sur aspicz et vers
La dame a l'aigneau sans macule.

Envoy.

Prince, les misteres couvers   30
En l'aigneau, qui tout bien calcule,
Monstrent a tous laiz et convers
La dame a l'aigneau sans macule.

MORALITÉ

[F. 93 v°]

MORALITÉ qui a iiij personnages, c'est assavoir la Dame a l'aigneau et son champion nommé Noble Cœur, La Dame a l'aspic et son champion nommé Cœur villain. Et fut laditte moralité composée sur ladicte ballade cy devant escripte par ledict Thibault, Et fut jouee au bancquet desdictz princes ce dict an.

LA DAME A L'ASPIC.

Pour clorre, pour ouvrir, pour fendre,
Pour le tort contre droict deffendre,
Je ne tiens risme ne raison.

LA DAME A L'AIGNEAU.

Pour bien vivre et mourir apprendre,
Pour le bien contre le mal rendre,   5
Qui a fors que moy la saison ?

LA DAME A L'ASPIC.

Je fais mourir.

LA DAME A L'AICNEAU.

           Et je fais vivre.

LA DAME A L'ASPIC.

Je condempne.

LA DAME A L'AIGNEAU.

           Et je delivre.
Je faictz ce qu'onques ne fut faict.

[F. 94]   LA DAME A L'ASPIC.

Dieu me faict mectre en ung grant livre   10
Les noms de tous, pour a la livre
Poyser leur bien et leur mal faict.

LA DAME A L'AIGNEAU.

Et Dieu escript en ung libelle

Ceulx qui me tiennent toute belle
Entre humains, chef d'œuvre parfaict.   15

LA DAME A L'ASPIC.

Regardés la dame cy belle
Qui contrefaict l'agne qui belle,
Cuydant faire faict et deffaict.

LA DAME A L'AIGNEAU.

Si belle suys que ordre angelicque
M'adore comme une relicque,   20
M'apelant dame par raison.

LA DAME A L'ASPIC.

Fussés vous cent foys plus relique,
Si avez le chemyn oblïque
Passé, goustant de ma poison.

LA DAME A L'AIGNEAU.

O perverse et orde vipere,   25
Ainsy t'aprint ton propre pere
Depuys qu'il eust Adam deceu.

LA DAME A L'ASPIC.

Sais tu pas bien le vitupere
Qu'encourt, en son grant improupere,
L'homme d'homme et femme conceu?   30

LA DAME A' L'AIGNEAU.

Ouy bien, mais Dieu m'a preeslue.

LA DAME A L'ASPIC.

Comment ?

LA DAME A L'AIGNEAU.

Ainsy.

LA DAME A L'ASPIC.

Tu es pollue.

LA DAME A L'AIGNEAU.

C'est mal parlé.

LA DAME A L'ASPIC.

Et qui es tu ?

LA DAME A L'AIGNEAU.

Dieu pour sa mere me salue.

LA DAME A L'ASPIC.

Neantmoins tu es dissolue.   35

LA DAME A L'AIGNEAU.

Non suys.

LA DAME A L'ASPIC.

Quoy ?

[F. 95]   LA DAME A L'AIGNEAU.

Dieu est ma vertu.

LA DAME A L'ASPIC.

Soubz ceste terrible figure
Tous, sans ung seul, je defigure
En concept, par premiere loy.

LA DAME A L'AIGNEAU.

L'aigneau pur, que Dieu prefigure   40
Par maint texte sainct, me figure
Que j'auroys la force sur toy.

LA DAME A L'ASPIC.

Quel aigneau ?

LA DAME A L'AIGNEAU.

   Quel aspic !

LA DAME A L'ASPIC.

     Quelz armes,
Quel champion pour tenir termes ?

LA DAME A L'AIGNEAU.

Suffisant contre tes effors.   45

LA DAME A L'ASPIC.

Ou sont tes suppotz et gendarmes ?

LA DAME A L'AIGNEAU.

Cent pour ung prestz mourir a l'ermes
Contre toy.

LA DAME A L'ASPIC.

Sont ilz assez fors ?

CEUR FELON.

Arriere, ciel ! arrierre, terre !
Arriere ! Car je voys a l'erre   50
Frappant a tort et a travers.

NOBLE CEUR.

Trembles, discorde ! Trembles, guerre !
Trembles ! Je voys sur vous conquerre,
Se vous n'estes clos et couvers.

CEUR FELON.

Cestuy la faict bien le pervers,   55
Fusse ung diable de la vatyne.

NOBLE CEUR.

Cestuy la faict bien le divers
Pour tyrer d'une serpentine.

CEUR FELON.

Penses, s'on tire la courtine,
Que l'en verra de beaulx portraictz.   60

NOBLE CEUR.

Penses, se le chien se mutine,
Qu'on le jectera aux retraictz.

CŒUR FELON.

[F. 96]   Sont ce picques, fleches ou traictz
Dont tu veulx rompre la bastille ?

NOBLE CŒUR.

Dieu m'a pieça mes dartz pourtraictz   65
Pour rendre ta force inutille.

CŒUR FELON.

Tu veulx donc, par vertu hostille,
Esprouver ta force sur moy ?

NOBLE CŒUR.

Je pretendz ma dame gentille
Prouver avoir force sur toy.   70

CŒUR FELON.

Et de ma dame au serpent quoy,
Qui sur tous humains seigneurye ?

NOBLE CŒUR.

Sur tous ?

CŒUR FELON.

Voire.

NOBLE CŒUR.

        Bien, c'est la loy.
Mais Dieu en exempta Marie.

CEUR FELON.

Dieu donc en ses effaictz varie ?   75

NOBLE CEUR.

Non faict ; il est juste en ses faitz.

CEUR FELON.

Ton dict a sa loy contrarye.

NOBLE CEUR.

Non faict ; je prends pour luy le fais.

CEUR FELON.

Mais moy.

NOBLE CEUR.

Mais moy.

CEUR FELON.

Voy que tu faictz.

NOBLE CEUR.

Je puisse venir beste mué,   80
Ce au jourdhuy je ne deffaictz.

CEUR FELON.

Il a la face fort esmue.

LA DAME A L'ASPIC.

Ha ! Noble ceur, noble ceur, mue
Ton propos ; il n'est pas saison.

NOBLE CEUR.

Or paix ! Que ame ne se remue ;   85
Je le tiendray comme ung oison.

LA DAME A L'AIGNEAU.

Non feras, car meux blason ;
[F. 97] L'en doibt tout different debastre,
Puys, s'on ne vient a la raison,
On peult a bon droict se combastre.   90

LA DAME A L'ASPIC.

Si vous nous voullés doncques bastre
Par raison, j'auray intention.

CEUR FELON.

Il ne faut que ung mot pour l'abastre,
Sceust il cent foys plus que Platon.

LA DAME A L'AIGNEAU.

La raison monstre le mouton   95
Par qui je suys pure affermee.

NOBLE CEUR.

De vostre sang, bien le sçaict on,
Fut sa chair pure formee.

LA DAME A L'ASPIC.

Sa conception deformee
A eue, dont elle despent.   100

NOBLE CEUR.

Et ne rendit l'homme suspent ?
Et Marie en grace l'afferme.

LA DAME A L'ASPIC.

Et ne le bien d'humains despent,
Que soulz le pied je garde et ferme ?

LA DAME A L'AIGNEAU.

Mon Filz par raison me conferme   105
Le bien dont tu me veulx priver.

CEUR FELON.

Le peult il ?

NOBLE CEUR.

            Voici ung beau terme !
Il quiert s'il faict froict en yver !

LA DAME A L'ASPIC.

Adam devint plus nud que ung ver,
Dont provint la loy generalle.   110

LA DAME A L'AIGNEAU.

Pour mon innocence prouver
Dieu me feist par loy specialle.

LA DAME A L'ASPIC.

Loy par tout s'espant,
Tout homme occupant
En sa geniture.   115

LA DAME A L'AIGNEAU.

Je suys, non ostant
Droict ce recitans,
Belle creature.

LA DAME A L'ASPIC.

Le souffre nature?

[F. 98]   LA DAME A L'AIGNEAU.

Ouy, par l'ornature   .   120
Ou Dieu triumphant,
Qui n'eut pas d'ordure,
Permyt une impure
Nourrir son enfant.

CEUR FELON.

Si auray je sur vous pourtant,   125
Par raison, naturelle ataincte.

LA DAME A L'ASPIC.

Geometrye, hault montant,
A ma vertu si hault actainte,
Qu'elle a toute matiere astraincte
Dessoubz ma loy par son compas.   130

NOBLE CEUR.

Si hault est des sainctes la saincte
Que geometrye y pert ses pas,
La mesurant.

CEUR FELON.

Le peult non pas?

NOBLE CEUR.

Non, sa grace est immensurable.

CEUR FELON.

Tu me paiz d'estrange repas. 135

NOBLE CEUR.

C'est ung euvre a l'homme admirable.

LA DAME A 'L'ASPIC.

Paix! J'ay raison insuperable
Que arismeticque me produict,
Disant le nombre innumerable
Des hommes que peché seduict. 140

NOBLE CEUR.

Jamais il ne fut introduit
A jardin de la toute belle.

CEUR FELON.

Le nombre donc n'est pas reduict
A tout, comme dit le libelle?

NOBLE CEUR.

Si est; mais ceste collumbelle 145
N'est point du nombre que tu dis.

LA DAME A L'ASPIC.

Musique te sera rebelle
Pour monstrer que vrays sont mes dictz.

NOBLE CEUR.

Vray est que dedens paradis
Tu mis, par ton oultrecuydance,   150
L'homme et Dieu, accordés jadis,
En ennuyeuse discordance.

[F. 99]   LA DAME A L'AIGNEAU.

Mais j'ay chanté par temperence,
Avec Dieu accordant mon son,
Que j'ay sans quelque dissonnance   155
L'homme et Dieu mis en unisson.

CEUR FELON.

Et dy nous donc une chanson.

LA DAME A L'ASPIC.

Mais fondons nous en medecine.

NOBLE CEUR.

Comment donc, tu as la courson?

LA DAME A L'ASPIC.

Non, mais de tousjours je crachys.   160

CEUR FELON.

Or la raison que je machine

C'est que ton Dieu te racheta :
A ung malade on luy assigne
Medecine, dont support a.

NOBLE CŒUR.

D'autre sorte Dieu supporta   165
Marie, sa tres digne mere ;
D'autre sorte a l'homme apporta
Medecine a sa playe amere.

LA DAME A L'AIGNEAU.

Car Dieu, mon enffant et mon pere,
Par grace a sa mere prevint,   170
Et, pour oster le vitupere
Des humains, sa grace subvint.

CŒUR FELON.

Je ne sçay donq que loy devint
Qui est estandue a tout homme.

NOBLE CŒUR.

Marie, dont grace provint,   175
N'est point comprinse au mors de pomme.

LA DAME A L'AIGNEAU.

Pour commencer l'eglise de Romme
Dieu feist de moy les fondemens.
Plus te di mon concept en somme
Trespasse tous entendemens   180

LA DAME A L'ASPIC.

Je sçauray tantot se tu mens :
Or regarde ceste figure.

NOBLE CEUR.

Se tu fondes tes argumens
En ce, tu ne nous faictz injure.

LA DAME A L'AIGNEAU.

Ton serpent est trouvé parjure;   185
Mon aigneau est si cordial
[F. 100]   Que grace en concept ne procure
Contre ton pere Belial.   .

LA DAME A L'ASPIC.

Dieu m'a faict ce don special
Que mon serpent sur tous domine.   190

LA DAME A L'AIGNEAU.

Mon aigneau tient sceptre royal
Dont pour moy ton serpent fulmyne.

LA DAME A L'ASPIC.

Mon serpent desrumpt et myne;
Par la pomme le monde ront.

LA DAME A L'AIGNEAU.

Mon aigneau le monde illumyne,   195
Et ta force euerve et desrumpt.

LA DAME A L'ASPIC.

Le serpent par moy tout corrumpt.

LA DAME A L'AIGNEAU.

Mon aigneau tous ces faictz reforme.

NOBLE CEUR.

Marie son chef brise et rompt ;
Tu le sçauras ains que je dorme.   200

LA DAME A L'AIGNEAU.

Mon Dieu ce bel escu me forme,
Dedens imprimant son aigneau
De ceur bening, de blanche forme ;
Jamais il n'en fut de plus beau.

LA DAME A L'ASPIC.

Mon serpent se nourrist au preau.   205

NOBLE CEUR.

Voire de la chair, pour surprendre
Et fondre en infernal tumbeau
L'humanité, fragille et tendre.

LA DAME A L'AIGNEAU.

Mon aigneau a voullu champ prendre
En la maison de charité,   210
Champ de gueulles le faict comprendre,
La laine blanche, en purité.

LA DAME A L'ASPIC.

Les troys langues d'auctorité
Denotent ma grande puissance :
Hebrieu, grec, latin, en verité   215
M'en faict avoir l'obaissance.

LA DAME A L'AIGNEAU.

Les trois fleurs de lys d'esperance,
Sur champ d'azur de dignité,
D'ung seul Dieu donnent congnoissance
Que j'ay comprins en trinité.   220

CEUR FELON.

[F. 101]   Lequel a mis en unité
Ses troys langues soubz ma loy forte.

LA DAME A L'ASPIC.

Soubz moy ply toute humanité.

LA DAME A L'AIGNEAU.

Ta force est soubz mon escu morte.

CEUR FELON.

Encor y a quelque cohorte   225
Conduicte par le dieu Momus.

NOBLE CEUR.

Dieu tant vous que mauvaiz supporte;
Si sont ilz tous sourtz meutz.

LA DAME A L'AIGNEAU.

Et ilz furent tous bien connus
Au concille qu'on tint à Balle. 230

CEUR FELON.

Et c'est du temps de Cademus!
Le temps tout devore et avalle.

NOBLE CEUR.

Combien que ceulx qui tenoient salle
Dedens Balle soient trespassés,
Si est ce que foy qui devalle 235
De Balle en a mainctz amassés.

CEUR FELON.

Et par ou seroient ilz passés?

LA DAME A L'AIGNEAU.

Par la voye d'inspiration.

CEUR FELON.

Et ou ce sont ilz atassés?

LA DAME A L'AIGNEAU.

A Rouen, seconde Sion. 240

CEUR FELON.

Qui les maine?

LA DAME A L'AIGNEAU.

Devotion.

CUER FELON.

Ont ilz rellevé ung concille?

NOBLE CEUR.

O la noble convention
Ou maint facteur, prompt et docille,
Monstre par maint beau codicille   245
Que Dieu a voullu ordonner
A Marie son domicille,
Pour le serpent envers tourner.

CEUR FELON.

Qui a faict ce bien la?

LA DAME A L'AIGNEAU.

Donner.

[F. 102]   LA DAME A L'ASPIC.

Donner! c'est ung estrange compte.   250

NOBLE CEUR.

Tu faictz maintz avares danner :
Dieu d'homme liberal tient compte. ·

LA DAME A L'ASPIC.

Esse ung bailly ou ung viconte?

LA DAME A L'AIGNEAU.

L'ung des deux.

13

NOBLE CEUR.

    Dieu luy pardonna,
Ainsi que nostre foy racompte,   255
Quant ce riche veuc luy donna.   ·

LA DAME A L'AIGNEAU.

Ce donneur
Tant d'honneur
Me ordonna ;
Son seigneur   260
Enseigneur
Ce don a
Prins pour moy si tres agreable
Qu'en lieu ort et inabitable
Il ne l'eust laissé esgaré.   265
Donner, c'est en latin Daré.

CEUR FELON.

Quels gens fors pour donner ce sont ?

LA DAME A L'AIGNEAU.

Deux, que l'aigneau parsigne au front
De thau, signe tres salutaire.

LA DAME A L'ASPIC.

Y a il nul qui les confort ?   270

LA DAME A L'AIGNEAU.

Chacun se monstre voluntaire
Assistant, de ceur debonnaire,

A nopces du tres pur aigneau,
Qui donne, de loy ordinaire,
A son espouse ung bel aneau.   275

NOBLE CEUR.

C'est grace, le riche joiau,
Qui previent ton orde chimere.

LA DAME A L'ASPIC.

Di nous, puys que tu es la mere
De l'aigneau, qui sont tes suppotz.

LA DAME A L'AIGNEAU.

J'ay ung beau livre a mon aulmere   280
Ou sont tous leurs noms et leurs motz,
Coeuillis par le prophete Amos
Qui les porte au divin pretoire;
[F. 103]   Et Jehan de l'isle de Pathemos
Les mect en escript pour memoire.   285

LA DAME A L'ASPIC.

Et tu ne m'as pas dict encore
Quelz gens ce sont.

LA DAME A L'AIGNEAU.

                    Diverse sorte
De gens s'i assemble et assorte
Pour toute belle me tenir.

NOBLE CEUR.

Pour en honneur la maintenir   290
Mainctz Aristes et mainctz Plines
Y apportent leurs disciplines.

LA DAME A L'AIGNEAU.

Pour corriger les loix enormes
Y sont Bertholles et Panormes.

NOBLE CEUR.

Pour entretenir ton renon   295
Mainctz y alleguent droict canon ;

LA DAME A L'AIGNEAU.

Et, a mon loz seigneurial,
Plusieurs le droict imperial.

NOBLE CEUR.

Theologie en termes latins
Y fict parler mainctz Augustins.   300

LA DAME A L'AIGNEAU.

Et astrologie y repaire
Pour mon honneur, tenant sa spere.

NOBLE CEUR.

Et, pour vous tenir sans vice,
Y sont les enfans de Justice ;

LA DAME A L'AIGNEAU.

Pour garder que erreur ne me blesse,   305
Ses vrais paragons de noblesse.
Plus y a rethoriciens,
Phisitiens, logiciens,
Parfaictz orateurs passans Tulles,
Musiciens, geometriens,   310
Poetes et grammariens,
Et le pape y transmet ses bulles.

CEUR FELON.

Ce sont mes gens, tes malles mulles !

LA DAME A L'AIGNEAU.

Qui les conduict ?

CEUR FELON.

Opinion.

NOBLE CEUR.

Ilz ne me sont pas a unyon :   315
[F. 104] Sans opinion ilz se fondent
Et par ce les miens les confondent.

CEUR FELON.

Et qui conduict les tiens ?

NOBLE CEUR.

Foy.

CEUR FELON.

Et je me faictz fort de la loy
Qui me presente ce grant vouge   320
Pour te faire le collet rouge.

NOBLE CEUR.

Et foy est ma lance ferree
Pour tenir ta force serree
Dessoulz mon pied.

CEUR FELON.

        Or te deffend,
Pour veoir comme mon vouge fent.   325

LA DAME A L'AIGNEAU.

Dieu éternel, seul ouvrant sur nature,
Aigneau tout pur, sacrement de l'autel,
Toy, createur, qui te feis creature,
D'immortel Dieu te feis homme mortel,
Se j'ay trouvé envers toy quelque grace,   330
Tourne vers moy ta gracieuse face,
Aiant regart a ma briefve oraison,
Fondee en droict et en toute raison :
C'est de garder de perilleuse yssue
Mon champion, qui me tient sans poeson   335
De pur aigneau pure mere consue.

Ung ceur felon a ce garder l'adjure,
Qui le poursuict comme Cayn Abel ;

Mais gardes lay d'encourir telle injure,
En recepvant son sacrifice a bel.   340
Il offre corps a paine, a froict, a glace;
Jusques a la mort pour moy veult tenir place
Sans espargner rente, argent ou maison,
Solennisant ma feste en la saison
Qui fut, sans si, en mon concept receue   345
Et declaree, oultre infernal blason,
Du pur aigneau pure mere.conceue.

Gardes de mal et de griefve adventure
Du pur aigneau l'escu, secte et hostel,
Ceulx qui, par vers, par prose ou escripture,   350
Pour mon honneur acroistre font ostz tel
Contre envyeux et leur dannable race :
Qu'ilz soient contrainctz, nonobstant leur menace,
[F. 105] De me nommer la tres pure toyson
Dont fut couvert l'aigneau sans mesprison,   355
Par Gedeon, soubz figure, presceue
Que je seroys, pour donner garison,
Du pur aigneau pure mere conceue.

Prince des cieulx, donnes grace a foyson
A mes servantz de faire garnyson   360
De hymmes et vers contre l'orde sangsue,
Et puys me veoir au celeste orizon
Du pur aigneau pure mere conceue.

CEUR FELON.

Or sus ! es tu prest, champion ?

NOBLE CEUR.

Que proteste ton scorpion ? 365

CEUR FELON.

Ma dame, soubz le mors de pomme,
Infecter en concept tout homme,
Mesmes la mere Jesuscrit.

NOBLE CEUR.

O faulx heretique proscript,
Je veulx soustenir le contraire, 370
Et vers saincte eglise me traire
Et foy, qui me donnera pour theme
Le trenchant couteau d'anatheme,
Duquel te voys baillé ce coup
Dont jamais ne seras absoult 375
Sans repentir.

CEUR FELON, *prosterné a terre.*

         O toute belle
Vierge, se j'ay esté rebelle,
Pardonnés moy. Dieu est pour vous,
Et, combien que la loy sur tous
Est, de ceste heure je proteste 380
Que plus tost je perdray la teste
Que missiés ung servant a moy.
Noble ceur, je me rendz a toy.

EXPLICIT

NOTES

Page 3, vers 1. Tasserie modifie sans cesse le rythme de ses vers et les combinaisons de ses rimes. Un certain nombre de passages sont écrits en la forme de ballades ou de rondeaux : la lettre B ou la lettre R placée en marge, l'annoncera, le cas échéant.

7. *Sicut lilium inter spinas, sic amica mea inter filias.* (Cantic., III, 2.)

14. *Belle sans si*, forme fréquente dans la poésie du temps. Sic : *beni sans nul sy*, Myst. de l'Incarnation (Rouen, 1884, t. I, p. 318) ; — *Belle sans sy en sa conception*, chant royal de Tasserie, en 1490, *infra*, p. 71 ; — Ici même, dans le Triomphe, vers 890 et 1576. — *Vierge sans si, des autres la plus belle*, chant royal de Richard Bonneannée, 1488 (Bibl. Rouen, Y. 18, anc. f., fo 5) ; — *Seule sans si, divinement tissue*, chant royal de Guillaume Crétin (Edition Coustelier, 1723, p. 18) ; — Moralité de Thibault, *infra*, p. 103, v. 345 ; — *L'arrest pour la dame sans sy et l'appel des trois dames contre icelle*, le tout en rimes, ms., (Catal. D. Morgand, décembre 1886, no 11.462) ; etc.

77. Le miracle de Helsin, abbé de Ramsai, député par le roi d'Angleterre auprès des Danois, est rapporté par la Légende dorée, Wace, Robert Gaguin et bien d'autres. Martial d'Auvergne l'a contée en quelques vers assez gracieux, dans ses *Louanges de la*

vierge Marie, dont il n'existe, je crois, que des éditions gothiques ; Guiot a reproduit la pièce dans son histoire manuscrite de l'Académie de l'Immaculée Conception. (Rouen, Y. 48, f. Mart., fo 36.)

233. Ironique : Sarquis, un théologien, un clerc, habitué à faire maigre chère, n'est pas un ennemi bien redoutable.

278. Le ms. porte *non*.

397. Le ms. porte *pour*.

430. Le ms. porte *n'est*.

447. Ps. 50, 7.

449. Isaïe, LIII, 6.

450. Saint-Paul, ad. Ephes., II, 3.

456. Saint-Augustin. Voy. notamment le traité *De gratia Christi et peccato originali*, au livre II (*Patrologie Migne*, t. 44). Cf. *infra*, 509.

480. Eccli., XXIV, 14.

482. Elegit eam Deus et præelegit (off. de la Vierge, capitule à none). Eam Deus sic elegit et præelegit, ... incorrupta ab omni labe peccati. (Off. de l'Imm. Conc., approuvé par Sixte IV, à matines.)

493. *Convient*, mot douteux.

496. Psalm., X, 15.

501. Psalm., XXI, 21.

509. Saint-Augustin, *De natura et gratia*, cap. XXXVI, n° 42. Ce texte, comme la plupart de ceux que cite Tasserie, est légèrement altéré pour cause de rime et de versification ; il se lit au 2° nocturne des matines de l'office du 8 déc.

548. Ce vers manque.

558. Les théologiens enseignent que Jean Baptiste et Jérémie, conçus en péché originel, en ont été purifiés dans le sein de leur mère. La doctrine de l'Eglise les oppose à la Vierge, qui en a été exemptée dès sa conception.

570. Le ms. porte *sejourmens* qui ne se comprend guère : le sens est bien *sejournemens,* mais ce mot rend le vers faux.

694. *Figure* cite les textes suivants : 697, Gen., VI, 14 ; — 703, Gen., VIII, 11 ; — 709, Ex., III, 2 ; — 716, Num., XXIV, 17 ; — 721, *Judic.,* VI, 37 ; — 727, Judith; — 753, Ezech. XLIV, 2 ; — 763, Esther.

730. Thomirys, reine des Massagètes.

751. La légende du Songe d'Astyage est rapportée par Hérodote, à qui tout le Moyen-Age l'a empruntée, l'*Histoire scolastique,* la *Mer des Histoires,* Nicolas de Lire (*Postilla super Bibliam,* Esdras I, 1), etc.

757. Cette prétendue révélation à Joachim est rapportée par quelques évangiles apocryphes, notamment au ch. III de l'Evangile de la Nativité de Sainte-Marie. (V. les recueils d'évangiles apocryphes de Fabricius, de Thilo, et la traduction donnée par Brunet (Paris, Franck, 1848, p. 183.)

810. Peut-être l'antienne, *Pulchra es, suavis et decora,* etc., tirée du Cant., VI, 3.

813. Office de la Vierge (in sabbato, capit., à sexte), et ailleurs.

815. Sap., VII, 26.

821. Ezéch., XLIV, 3.

824. Isaïe, XL, 20.

830. C'est le tour maintenant des Sibilles, dont on sait l'autorité pendant tout le Moyen-Age ; les livres sibyllins qu'on leur attribue sont d'ailleurs apocryphes ; il en existe plusieurs éditions, la dernière a été donnée avec nouvelle traduction en latin, par Alexandre (Paris, Didot, 1841-1856).

872. Gen., III, 15.

877. Psalm., XVIII, 6.

882. Job, XIV, 4.

889. Le ms. a mis Saint Augustin au lieu de Saint Anselme ;

on pourra nous reprocher de n'avoir pas corrigé, au risque de rendre le vers faux.

Ce texte est en effet emprunté à saint Anselme ; il est tiré du *Liber de conceptu virg. et orig. peccato*, ch. XVIII (Migne, t. 158, col. 451) ; il forme la 5e leçon de l'office de la Conception.

927. Cf. *supra*, 558.

943. Apoc., XX.

978. Saint Anselme a composé le traité déjà signalé, *Liber de conceptu virginali et originali peccato*. On considère comme apocryphes les deux autres écrits : *Tractatus de conceptione B. Mariæ virginis* et *Sermo de conceptione B. Mariæ*. Le poète paraphrasant souvent et traduisant de très loin, il n'est pas facile de reconnaître auquel de ces trois ouvrages appartient le texte qu'il veut viser ici. Le premier se trouve au tome 158, les deux autres au tome 159 de la *Patrologie Migne*.

995. Daniel, ch. III..

1009. Ex., XX, 12.

1010. Saint Mathieu, XV, 4.

1041. Voy. *supra*, 77.

1043. Alexandre de Halès, théologien anglais du XIIIᵉ siècle, professa la philosophie à Paris, auteur d'un commentaire sur les *Sentences* de Pierre Lombard, d'une *Summa theologiæ*, etc.

1053. Le miracle du diacre d'Aquilée.

1065. Le miracle du prêtre sauvé de la Seine. Ces diverses légendes sont racontées partout, dans la *Légende dorée*, dans Farin, dans tous les poèmes et tous les traités historiques, même théologiques, concernant l'Immaculée Conception. Voy. spécialement ce qu'en dit le Cardinal Gousset dans *La Croyance générale et constante de l'Eglise touchant l'Imm. Conc.*, p. 711 et 732. Gaultier de Coinsy, bénédictin de Soissons au XIIIᵉ siècle, a mis le sujet en vers dans son poème *Le miracle de Theophile* (publié pour la première fois par D. Maillet, Rennes, 1838). L'aventure du prêtre sauvé de la Seine, rapportée aussi un peu partout, a été versifiée même par la poésie populaire : on la trouve dans l'*Histoire de Rouen*, complainte de Poirier dit le boiteux.

1098. Pourquoi le *Commun peuple* appelé à témoigner est-il qualifié peuple *de la Basse-Normandie ?* Je n'en découvre pas la raison, à moins que l'auteur n'ait voulu faire intervenir les compatriotes immédiats du duc, originaire de Falaise.

1256. Mahomet épousa une femme de la tribu des Koraïschites, du nom de Kadichah, ou Khadidja.

1303. Campanus, Albigera, ces personnages m'échappent. Le dernier paraît défiguré ; Tasserie a-t-il voulu désigner l'historien arabe Aboulféda, qui vivait au commencement du XIVᵉ siècle, et dont les chroniques contiennent une ample vie de Mahomet.

1313. Jean d'Antioche. Quel est ce Jean d'Antioche ? Il n'apparaît pas que le légiste de Constantinople de ce nom, celui qu'on surnomme *le Scolastique*, puisse être compté parmi les hérésiarques. On nous pardonnera de ne pas nous obstiner à chercher Jean non plus que Sarquis, parmi les représentants de l'école d'Antioche dont les noms ont pu être conservés. Nous ne voyons pas non plus qu'il importe au lecteur du *Triomphe* de trouver ici identifiés les autres hérétiques énumérés, *infra*, v. 1636 et suivants.

1343. « La croyance de l'Immaculée Conception était alors si générale parmi les orientaux que Mahomet lui-même crut devoir la respecter. En effet il fait dire, dans le Koran, aux anges parlant à Marie : Dieu t'a choisie, il t'a choisie entre toutes les femmes et il t'a faite exempte de tout péché, *immunem te fecit ab omni labe*. Voy. Maracci, Alcorani textus universus, Padoue, 1698 ». (Cardinal Gousset, op. cit., p. 736.)

1430. Allusion à la querelle théologique : Marie a-t-elle été conçue dans le péché originel, puis purifiée postérieurement, au temps de l'animation, ou en a-t-elle été affranchie dès l'instant même de sa conception.

1442. Ne s'étonnera-t-on pas de la déposition de Sathan ? Voilà qu'il témoigne contre lui ! C'est qu'il connaît la vérité ; s'il est père du mensonge, il a conscience qu'il ment quand il veut tromper l'homme. Et il est des moments où Dieu lui enlève sa liberté et l'oblige à dire vrai, et à le confesser :

> Il fallut que jo lui disse
> Voulsisse ou non ; je y fu contrainct,
> Et de Dieu il me fut enjoinct,

dit-il de même dans le *Myst. de l'Incarnation*, t. I, p. 166.

L'Evangile lui-même en donne des exemples : *Scio qui sis, sanctus Dei* (Saint-Marc, I, 23, 24) ; *Exibant autem dæmonia a multis, clamantia et dicentia : quia tu es filius Dei.* (Saint Luc, IV, 33 et 34, 40 et 41, VIII, 28.)

1487. Cantic., II, 2.

1494. Ibid, IV. 7.

1518. Un vers manque ici.

1541 et suiv. Allusions aux prix qui étaient remis aux lauréats du puy des palinods de Rouen, et aux genres poétiques offerts aux concurrents. Salomon ordonne d'instituer un puy. Ce passage donnerait à penser que le *Triomphe des Normands* dut être composé assez peu de temps après l'année 1486, date de la fondation de ce puy par Loys Daré.

1631 et 1636. Nestorius, fameux hérétique du vᵉ siècle. Sabellinus et Valentin, hérésiarques du IIᵉ siècle.

Macédonius, hérétique arien, patriarche de Constantinople, au IVᵉ siècle. Cerdon, hérésiarque syrien du IIᵉ siècle ; Marcion, son disciple, devint à son tour chef de secte.

Pelage, chef du pélagianisme, originaire de la Grande-Bretagne, au Vᵉ siècle. Nicolas, diacre de Jérusalem, chef des Nicolaïtes, hérétiques des premiers temps du christianisme. Cf., *supra*, 1313.

Les Vaudois, dits aussi les gueux ou les pauvres de Lyon avaient en effet pris naissance à Lyon, au xiiᵉ siècle.

1644. Les Manichéens, Saducéens. Aux pharisiens, démasqués par Jésus-Christ lui-même, Satan donne la place d'honneur.

1682. Un vers manque.

1705. Ainsi le drame s'achevait dans le chant de l'antienne *Tvta pulchra es,* qu'exécutait le chœur.

Page 71. Le compilateur du manuscrit original de la bibl. de Rouen, coté Y. 18. anc. f., est inconnu. Au bas du premier feuillet sont écrites les lignes curieuses, dont Farin a altéré le sens en modifiant les premiers mots, et auxquels Ballin n'a rien compris : *Ce present n'a esté parfaict* (et non *a esté*), etc.: l'auteur veut dire que sa copie aurait pu être meilleure. Ballin a cru que c'était une excuse du poète Chapperon, auteur du premier chant royal transcrit, qui, par un excès de modestie, aurait ainsi appelé l'indulgence sur son œuvre. V. *supra*, p. xiv.

Page 73, vers 41. Voy. *supra*, 558 et 1430.

P. 79. MORALITÉ DE G. THIBAULT.

La moralité de Thibault est un petit drame adroitement conçu, qui mérite être lu ; c'est un *bon à-propos*, écrit pour le Puy de l'Immaculée Conception.

La dame à l'aspic crie ses talents, or elle rencontre *la dame à l'agneau,* qui, avec plus de modestie et plus de raison, lui répond en vantant ses œuvres. Les deux dames se querellent assez aigrement, quand viennent à passer *Cœur félon* et *Noble Cœur,* qui prennent fait et cause pour elles ; le dialogue est vif, et la discussion se continue entre tous quatre, jusqu'à ce que, pour en finir, Cœur félon défie Noble Cœur. La dame à l'agneau adresse alors une prière à Dieu pour qu'il protège son champion, et, sans combattre, Cœur félon s'avoue vaincu et se prosterne devant la Vierge toute belle.

Ces champions militaires venant à l'aide du faible, l'Eglise, la B. Vierge Marie, ou simplement la femme, ou tout autre personnage réel ou allégorique en péril, et lui apportant le réconfort de son argumentation ou de son épée, sont dans la tradition de notre ancienne poésie. Je n'en citerai que deux exemples.

Les Batailles et Victoires du chevalier céleste contre le chevalier terrestre, l'un tirant à la maison de Dieu et l'autre à la maison du prince du Monde, etc., par Artus Désiré, mettent aux prises le défenseur de la cité de Jérusalem figurant l'Eglise, et l'apostat terrestre genevois (Cf. Brunet, *v*° Desiré). Dans le poème *Le Chevalier aux dames*, c'est une femme, *Noblesse féminine*, qui doit défendre son sexe contre la calomnie, et elle trouve le secours d'un champion qui se nomme, comme dans la moralité de Thibault, *Noble Cœur*, et qui combat contre *Vilain cueur*. (Voy. *Bibl. Franç.* de Goujet, t. X, p. 139.)

182. Elle montre le serpent figuré sur son écu.

230. C'est le concile de Bâle qui proclama la doctrine de l'Immaculée Conception.

240. C'est à Rouen, nouvelle Sion, que se donnent rendez-vous les dévots de la dame à l'agneau, les confrères de l'Immaculée Conception. Tout ce passage est une allusion à leur puy, à ceux qui le fréquentent et au fondateur Louis Daré.

249. Donner, traduction de *Dare*, nom du lieutenant général au baillage Loys *Daré*, fondateur du palinod.

268. Il y a au texte *deux* : il semble qu'il faille lire *ceux*.

282. Ce passage paraît une allusion au chapitre IX du prophète Amos : le Seigneur frappera les impies, sans qu'aucun puisse échapper, puis il relèvera le tabernacle de David et fera cesser, au milieu de la joie, la captivité d'Israël.

C'est également la vision du triomphe final des justes que Saint Jean a prophétisée dans l'Apocalypse écrite à Patmos.

291. Ariste pour Aristote, sans doute.

291. Bertholle, pour Bartole ; Panormes pour Panormitanus, nom par lequel on désigne Alexandre de Tudesch, archevêque de Palerme, légiste fameux. (Voy. Panzer, t. VII.)

312. Les bulles d'approbation du pape Léon X en 1520.

350. Gracieuse allusion aux amis du puy, princes et poètes, en faveur de qui la Dame à l'agneau sollicite la protection divine.

356. Judic., VI, 37.

365. Le scorpion, emblème de l'écu de Cœur félon.

Voici quelques expressions recueillies parmi les plus notables :

Triomphe des Normands et Ballade de Tasserie.

Arme (*ame*), vers 1147, 1190.

Audatité, 605.

Avilleny, 1352.

Bee jouen (?), 167.

Bernage (*redevance*), 1639.

Besilier (*maltraiter*), 1215.

Caer, 1147.

Credenche, 1182 et p. 73, v. 49.

Dehagner, 1216.

Deten (*detinet*), 1197.

Erronique, 1263.

Esbanoys (*réjouissance*), 194.

Fieulx (*malade du fi, faible*), 1186.

Foignart (pour *faignart, menteur*), 66.

Fust, 89.

Gallins gallans (*bons compagnons, de galer, se réjouir*), 1115.

Gorgiaser, 298.

Hoigner, hoignour, 1145, 1197, 1214.

Huvet (*bonnet*), 1161.

Ivyre, 293, 304.

Lame, 1404.

Mesurous (?), 1155.

Methan (?) (*méchan ?*), 1613.

Mondacion, p. 73, v. 46.

15

Moralité de Thibault.

www.ingramcontent.com/pod-product-compliance
Lightning Source LLC
Chambersburg PA
CBHW051137260626
47170CB00005B/1861